DIÁRIO DE UM ANO RUIM

J. M. COETZEE

Diário de um ano ruim

Tradução
José Rubens Siqueira

2ª reimpressão

COMPANHIA DAS LETRAS

Publicado mediante acordo com Peter Lampack
Agency, Inc., 551 Fifth Avenue, Suite 1613,
Nova York, NY 10176-0187, EUA

Título original
Diary of a bad year

Capa
João Baptista da Costa Aguiar

Preparação
Maria Cecília Caropreso

Revisão
Roberta Vaiano
Carmen S. da Costa

Dados Internacionais de Catalogação na Publicação (CIP)
(Câmara Brasileira do Livro, SP, Brasil)

Coetzee, J. M.
Diário de um ano ruim / J. M. Coetzee ; tradução José Rubens Siqueira. — São Paulo : Companhia das Letras, 2008.

Título original : Diary of a bad year.
ISBN 978-85-359-1244-9

1. Romance inglês - Escritores sul-africanos I. Título.

08-4283 CDD-823

Índice para catálogo sistemático:
1. Romances : Literatura sul-africana em inglês 823

[2016]

EDITORA SCHWARCZ S.A.
Rua Bandeira Paulista 702 cj. 32
04532-002 — São Paulo — SP
Telefone: (11) 3707-3500
Fax: (11) 3707-3501
www.companhiadasletras.com.br
www.blogdacompanhia.com.br
facebook.com/companhiadasletras
instagram.com/companhiadasletras
twitter.com/cialetras

1: OPINIÕES FORTES

12 DE SETEMBRO DE 2005 – 31 DE MAIO DE 2006

01. Da origem do Estado

Todo relato sobre as origens do Estado parte da premissa de que "nós" — não nós leitores, mas algum nós genérico, tão amplo a ponto de não excluir ninguém — participamos de seu nascimento. Mas o fato é que o único "nós" que nós conhecemos — nós mesmos e as pessoas próximas a nós — nascem dentro do Estado; e nossos antepassados também nasceram dentro do Estado até onde possamos situar. O Estado existe sempre antes de nós.

(Até onde no passado conseguimos situar? No pensamento africano, o consenso é que depois de sete gerações não conseguimos mais distinguir entre história e mito.)

Se, apesar das provas dos nossos sentidos, aceitamos a premissa de que nós ou nossos antepassados criaram o Estado, então temos de aceitar também suas implicações: que nós ou nossos antepassados poderíamos ter criado o Estado de alguma outra forma, se tivéssemos escolhido; e também, que poderíamos transformá-lo se assim decidíssemos coletivamente. Mas o fato é que, mesmo coletivamente, aqueles que estão "sob" o Estado, que "pertencem" ao Estado, acharão muito difícil mesmo mudar sua forma; eles — nós — são com certeza impotentes para aboli-lo.

Meu primeiro vislumbre dela foi na lavanderia. Era o meio da manhã de um dia calmo de primavera e eu estava sentado, olhando a roupa girar, quando essa mulher jovem tão surpreendente entrou. Surpreendente porque a última coisa que eu esperava era uma aparição dessas; e também porque o vestido soltinho vermelho-tomate que ela usava era de uma surpreendente brevidade.

Dificilmente estará em nosso poder mudar a forma do Estado e é impossível aboli-lo porque, diante dele, nós somos, precisamente, impotentes. No mito da fundação do Estado, conforme estabelecido por Thomas Hobbes, nossa descida à impotência foi voluntária: a fim de escapar da violência da guerra mutuamente mortal e sem fim (represália sobre represália, vingança sobre vingança, a *vendetta*), nós individualmente e separadamente cedemos ao Estado o direito de usar força física (direito é força, força é direito), conseqüentemente entrando no reino (na proteção) da lei. Aqueles que escolheram e escolhem ficar fora do bloco são foras-da-lei.

A lei protege o cidadão respeitador das leis. Chega a proteger, até certo ponto, o cidadão que, sem negar a força da lei, mesmo assim usa a força contra o concidadão: a punição prescrita para o criminoso deve ser condigna do crime. Nem mesmo o soldado inimigo, na medida em que é representante de um Estado rival, deve ser morto se capturado. Mas não existe lei para proteger o fora-da-lei, o homem que pega em armas contra seu próprio Estado, isto é, o Estado que o considera como seu.

O espetáculo de minha pessoa pode tê-la surpreendido também: um velho amassado num canto, que, à primeira vista, podia parecer um vagabundo de rua. Olá, ela disse, fria, e começou a cuidar de seus afazeres, que era esvaziar duas sacolas de lona branca numa máquina de carregar por cima, sacolas em que a roupa de baixo masculina parecia predominar.

Fora do Estado (da comunidade, do *statum civitatis*), diz Hobbes, o indivíduo pode sentir que goza de perfeita liberdade, mas essa liberdade não lhe faz nenhum bem. Dentro do Estado, por outro lado, "é conservada por todo súdito tanta liberdade quanto lhe seja suficiente para viver bem e de maneira tranqüila e é tirado dos outros aquilo que é preciso para perdermos o medo deles... Fora [do governo civil] assistiremos ao domínio das paixões, da guerra, do medo, da miséria, da imundície, da solidão, da barbárie, da ignorância e da crueldade; nele, ao domínio da razão, da paz da segurança, das riquezas, da decência, da sociedade, da elegância, das ciências e da benevolência".[1]

O que o mito hobbesiano das origens não menciona é que a entrega de poder ao Estado é irreversível. Não está aberta a opção de mudarmos de idéia, de decidirmos que o monopólio do exercício da força mantido pelo Estado, codificado pela lei, não é o que queríamos afinal de contas, que preferiríamos retornar ao estado natural.

....

Lindo dia, disse eu. É, disse ela, de costas para mim. Você é nova?, eu perguntei, querendo dizer nova nas Torres Sydenham, embora outros sentidos também fossem possíveis, *É nova nesta terra?*, por exemplo. Não, disse ela. Que problema, puxar conversa. Eu moro no térreo, eu disse. Eu posso fazer abordagens assim, que elas são tomadas por loquacidade. Um velho tão falante, ela dirá ao dono da camisa rosa com colarinho branco, foi difícil me livrar dele, a gente não quer ser rude. Eu moro no térreo desde 1995 e ainda não conheço todos os meus vizinhos. É, disse ela, e mais nada, querendo dizer *É, estou ouvindo o que você diz e concordo, é uma tragédia não saber quem são seus vizinhos, mas é assim que é na cidade grande, e tenho mais o que fazer agora, então podemos deixar esta troca de gentilezas morrer de morte natural?*

Nascemos sujeitos. Desde o momento de nosso nascimento somos sujeitos. Uma marca dessa sujeição é a certidão de nascimento. O Estado aperfeiçoado detém e mantém o monopólio de certificar o nascimento. Ou você recebe (e leva consigo) uma certidão do Estado, adquirindo assim uma *identidade* que no curso da vida permite que o Estado o identifique e localize (vá em seu encalço), ou você segue em frente sem uma identidade e se condena a viver fora do Estado como um animal (animais não têm documentos de identificação).

Não apenas lhe é vedado entrar no Estado sem identificação: aos olhos do Estado, você não morre enquanto não tiver uma certidão de óbito; e a certidão de óbito só lhe pode ser dada por um funcionário que possua ele (ela) próprio (a) uma certidão do Estado. O Estado procede com extremo rigor na certificação da morte — veja-se o envio de uma horda de cientistas forenses e burocratas para esquadrinhar, fotografar, cutucar e espetar a montanha de corpos humanos deixada pelo grande tsunami de dezembro de 2004 a fim de determinar suas identidades. Não se poupam despesas para garantir que o censo de sujeitos esteja completo e acurado.

Se o cidadão vive ou morre não é preocupação do Estado. O que importa para o Estado e seus registros é se o cidadão está vivo ou morto.

•

Ela tem cabelo preto preto, ossos bem formados. Um certo brilho dourado na pele... *radiosa* podia ser a palavra. Quanto ao vestido vermelho, talvez não seja o tipo de roupa que teria escolhido se estivesse esperando a companhia de um homem desconhecido na lavanderia às onze da manhã de um dia de semana. Vestido vermelho solto e sandálias de dedo. Do tipo que a tira dá a volta no pé.

Os sete samurais é um filme que tem completo domínio de sua mídia, porém é ingênuo o suficiente para tratar simples e diretamente das coisas primeiras. Trata, de maneira específica, do nascimento do Estado, e o faz com clareza e abrangência shakespearianas. De fato, o que *Os sete samurais* propõe é nada menos que a teoria de Kurosawa para a origem do Estado.

A história contada no filme é a história de uma aldeia durante uma época de desordem política — uma época em que o Estado efetivamente cessou de existir — e das relações dos aldeões com uma tropa de bandidos armados. Depois de anos baixando sobre a aldeia como uma tempestade, estuprando mulheres, matando os homens que resistem e levando embora suprimentos de comida armazenados, os bandidos têm a idéia de sistematizar suas visitas, comparecendo à aldeia apenas uma vez por ano para cobrar ou extorquir tributo (imposto). Isto é, os bandidos deixam de ser predadores da aldeia para se transformar em parasitas dela.

....

Enquanto eu olhava para ela, uma dor, uma dor metafísica, penetrou em mim e eu não fiz nada para impedir. E de um jeito intuitivo ela sabia disso, sabia que dentro daquele velho sentado na cadeira de plástico a um canto alguma coisa pessoal estava acontecendo, alguma coisa relativa a idade, remorso e lágrimas das coisas. Coisas de que ela particularmente não gostou, não quis evocar, embora fosse um tributo a ela, a sua beleza e frescor, assim como ao vestido tão curto. Tivesse vindo de alguém diferente, tivesse um sentido mais simples e mais direto, ela teria aceitado de modo mais pronto; mas vindo de um velho o sentido era difuso e melancólico demais para um lindo dia, quando se está com pressa de cuidar de suas coisas.

Supõe-se que os bandidos têm outras aldeias "pacificadas" sob seu tacão, sobre as quais baixam em rodízio, que em conjunto essas aldeias constituem a base de impostos dos bandidos. Muito provavelmente têm de combater bandos rivais pelo controle de aldeias específicas, embora não vejamos nada disso no filme.

Os bandidos ainda não começaram a viver entre seus sujeitos, e suas necessidades são atendidas dia a dia — quer dizer, eles ainda não transformaram os aldeões em uma população escrava. Kurosawa vai assim expondo à nossa consideração um estágio muito precoce do desenvolvimento do Estado.

A ação principal do filme começa quando os aldeões concebem um plano de contratar seu próprio bando de durões, os sete samurais desempregados do título, para protegê-los dos bandidos. O plano funciona, os bandidos são derrotados (o corpo do filme é repleto de escaramuças e batalhas), os samurais são vitoriosos. Tendo visto como funciona o sistema de proteção e extorsão, o bando de samurais, os novos parasitas, fazem uma oferta aos aldeões: em troca de um preço, tomarão a aldeia sob sua asa, quer dizer, assumirão o lugar dos bandidos. Mas num final um tanto sonhador, os aldeões declinam: pedem aos samurais que vão embora e os samurais concordam.

Só uma semana depois eu a vi de novo — num conjunto de prédios de apartamentos bem projetado como este, não é fácil localizar os vizinhos —, e só de relance, quando ela passou pela porta da frente, num relâmpago, de calça branca que mostrava um *derrière* tão próximo da perfeição quanto da angelitude. Deus, me conceda um desejo antes de morrer, sussurrei; mas então fui tomado de vergonha pela especificidade do desejo e retirei-o.

A história kurosawiana da origem do Estado ainda é vivida na África em nossa época, onde bandos de homens armados arrebatam o poder — quer dizer, se apropriam do Tesouro Nacional e dos mecanismos de aplicar impostos à população —, eliminam seus rivais e proclamam o Ano Um. Embora essas gangues militares africanas muitas vezes não sejam maiores nem mais poderosas dos que as gangues criminosas da Ásia e da Europa oriental, suas atividades recebem respeitosa cobertura da mídia — até mesmo da mídia ocidental — na seção de política (assuntos internacionais), não na seção de crimes.

Podem-se citar exemplos de nascimento ou renascimento do Estado também na Europa. No vácuo de poder deixado pela derrota dos exércitos do Terceiro Reich em 1944-45, gangues armadas rivais lutaram para se encarregar das nações recém-libertadas; quem determinava quem ia tomar o poder e onde era quem fosse capaz de contar com o apoio de algum exército estrangeiro.

....

Com o Vinnie, que cuida da Torre Norte, descubro que ela — que sou prudente o bastante para descrever não como *a moça naquele vestido curto tentador e agora de calça branca elegante*, mas como *a moça de cabelo escuro* — é mulher, ou pelo menos namorada, do sujeito pálido, apressado, gordinho e sempre suado que cruza comigo algumas vezes no saguão e a quem eu chamo de mr. Aberdeen; mais, que ela não é nova no sentido usual do termo, ocupando (junto com mr. A) desde janeiro um dos maiores apartamentos do último andar desta mesma Torre Norte.

Será que alguém, em 1944, disse ao populacho francês: *Pensem: a retirada dos nossos dominadores alemães significa que por um breve momento não somos governados por ninguém. Queremos terminar esse momento, ou queremos talvez perpetuá-lo — tornamo-nos o primeiro povo dos tempos modernos a reduzir o Estado? Vamos, nós, enquanto povo francês, usar nossa nova e súbita liberdade para debater a questão sem limitações.* Talvez algum poeta tenha pronunciado essas palavras: mas, se o fez, sua voz deve ter sido imediatamente silenciada pelas gangues armadas, que nesse caso e em todos os casos têm mais em comum umas com as outras do que com o povo.

•

Na época dos reis, dizia-se ao sujeito: *Você era súdito do rei* A, *agora o rei* A *morreu e olhe!, você é súdito do rei* B. Então chegou a democracia e o sujeito pela primeira vez se defrontava com uma escolha: *Vocês* (*coletivamente*) *querem ser governados pelo cidadão* A *ou pelo cidadão* B*?*

O sujeito se vê sempre confrontado com o fato consumado: no primeiro caso com o fato de sua sujeição; no segundo, com o fato da escolha. A forma da escolha não está aberta a discussão. A cédula de votação não diz: *Você quer* A *ou* B *ou nenhum dos dois?* Certamente jamais dirá: *Você quer* A *ou* B *ou ninguém?* O cidadão que expressa sua infelicidade com a forma de escolha oferecida através do único meio que lhe resta — não votar ou anular o voto — simplesmente não é contado, quer dizer, é descontado, ignorado.

....

Obrigado, eu disse a Vinnie. Em um mundo ideal, eu podia ter pensado num jeito de interrogá-lo mais (Qual apartamento? Em nome de quem?) sem impropriedade. Mas não estamos num mundo ideal.

Diante da escolha entre A e B, dado o tipo de A e o tipo de B que geralmente chega à cédula de votação, a maioria das pessoas, pessoas *comuns*, tende, em seu coração, a não escolher nenhum. Mas isso é só uma tendência, e o Estado não lida com tendências. Tendências não fazem parte da moeda corrente da política. O Estado lida é com escolhas. A pessoa comum gostaria de dizer: *Alguns dias eu tendo para A, outros dias para B, a maior parte dos dias eu sinto simplesmente que eles deviam sumir*; ou então, *Um pouco A, um pouco B às vezes, e outras vezes nem A nem B, mas alguma coisa bem diferente.* O Estado sacode a cabeça. *Você tem de escolher*, diz o Estado: *A ou B.*

•

"Disseminar democracia", como vem sendo feito pelos Estados Unidos no Oriente Médio, quer dizer espalhar as regras da democracia. Quer dizer falar às pessoas que, onde antes não tinham escolha, agora têm uma escolha. Antes tinham A e nada além de A; agora têm uma escolha entre A e B. "Disseminar a democracia" quer dizer criar condições para as pessoas escolherem livremente entre A e B. O disseminar da liberdade e o disseminar da democracia andam de mãos dadas. As pessoas engajadas em disseminar liberdade e democracia não enxergam nenhuma ironia na descrição do processo feita anteriormente.

....

A ligação dela com o mr. Aberdeen, que sem dúvida tem as costas sardentas, é uma grande decepção. Dói pensar nos dois lado a lado, quer dizer, lado a lado na cama, já que isso é o que conta, afinal.

Durante a Guerra Fria, a explicação dada pelos Estados democráticos ocidentais para banir seus partidos comunistas era que um partido cujo objetivo declarado é a destruição do processo democrático não pode ter permissão para participar de um processo democrático, definido como a escolha entre A e B.

•

Por que é tão difícil falar alguma coisa sobre política fora da política? Por que não pode haver discurso sobre política que não seja ele próprio político? Para Aristóteles, a resposta é que a política está embutida na natureza humana, isto é, faz parte de nosso destino, como a monarquia é o destino das abelhas. Lutar por um discurso sistemático, suprapolítico sobre política é inútil.

....

Não só por causa do insulto — o insulto à justiça natural — de um homem tão sem graça em posse de uma amante tão celestial, mas por causa do aspecto que teria o fruto dessa união, o fulgor dourado dela lavado pela palidez céltica dele.

02. Da anarquia

Quando a expressão "os bastardos" é usada na Austrália, por todo lado se entende a que ela se refere. "Os bastardos" foi um dia o termo do prisioneiro para se referir aos homens que se diziam seus superiores e o açoitavam se ele discordava. Hoje, "os bastardos" são os políticos, homens e mulheres que controlam o Estado. O problema: como afirmar a legitimidade da velha perspectiva, a perspectiva de baixo, a perspectiva do prisioneiro, quando está na natureza dessa perspectiva ser ilegítima, *contra* a lei, *contra* os bastardos.

Eu poderia passar dias inventando felizes coincidências que permitissem que a breve conversa na lavanderia fosse retomada em outro lugar. Mas a vida é curta demais para tramas. Então, me deixem simplesmente dizer que nossos caminhos se cruzaram uma segunda vez num parque público, o parque do outro lado da rua, onde eu a vi descansando debaixo de um chapéu de sol extravagantemente grande, folheando uma revista. Estava com um humor mais afável dessa vez, menos seca comigo; pude confirmar através de seus próprios lábios que ela estava, no momento, sem nenhuma ocupação significativa, ou, como ela disse, *entre empregos*: daí o chapéu de sol, daí a revista, daí o langor de seus dias. Seu emprego anterior, disse, havia sido na área da hospitalidade; no devido momento (não havia pressa), ela procuraria colocação no mesmo campo.

A oposição aos bastardos, a oposição ao governo em geral sob a bandeira do libertarismo, adquiriu um nome feio porque com muita freqüência suas raízes se encontram na relutância em pagar impostos. Seja qual for a posição da pessoa sobre pagar tributo aos bastardos, um primeiro passo estratégico tem de ser distinguir-se desse traço libertário particular. Como fazê-lo? "Pegue metade do que eu possuo, pegue metade do que eu ganho, eu cedo a você; em troca, me deixe em paz." Será que isso basta para alguém provar sua boa-fé?

Etienne de La Boétie, o jovem amigo de Michel de Montaigne, escrevendo em 1549, viu a passividade das populações em relação a seus governantes primeiro como um vício adquirido, depois como um vício herdado, uma obstinada "vontade de ser governado" que acaba ficando tão profundamente enraizada "que mesmo o amor pela liberdade passa a parecer não tão natural".

....

O tempo todo em que ela transmitia essa informação bastante inconsistente, o ar à nossa volta decididamente estalava com uma corrente elétrica que não podia vir de mim, eu não exsudo mais correntes, portanto devia vir dela e se dirigir a ninguém em particular, emitida apenas ao ambiente. Hospitalidade, ela repetiu, ou, melhor talvez, recursos humanos, tinha alguma experiência também em recursos humanos (fossem eles quais fossem); e mais uma vez uma sombra de dor passou por cima de mim, a dor que mencionei antes, de um tipo metafísico ou, senão, pós-físico.

> Incrível ver como o povo, uma vez submetido, cai de repente num tão profundo esquecimento de sua liberdade anterior que lhe é impossível despertar e recuperá-la; o povo serve tão bem, e tão voluntariamente, que ao vê-lo dir-se-ia que não apenas perdeu sua liberdade, mas conquistou sua servidão. É verdade que, de início, a pessoa serve por coação e dominada à força; mas aqueles que vêm depois servem sem lamentar, e realizam de livre vontade o que os seus predecessores realizavam sob coação. Os homens nascidos sob o jugo, depois alimentados e criados na servidão, sem olhar adiante, contentam-se em viver como nasceram... Eles tomam como seu estado natural o estado em que nasceram.[2]

Bem colocado. No entanto, La Boétie entende de maneira errada um aspecto importante. As alternativas não são plácida servidão de um lado e revolta contra a servidão de outro. Existe uma terceira via, escolhida por milhares e milhões de pessoas todos os dias. É a via do quietismo, do obscurantismo voluntário, da emigração interior.

....

Enquanto isso, continuou ela, ajudo Alan com os relatórios dele e tal, para ele poder me incluir nas despesas de secretária.

Alan, eu digo.

03. Da democracia

O problema principal da vida do Estado é o problema da sucessão: como garantir que o poder será passado de uma mão para outra sem o recurso das armas.

Em épocas confortáveis, esquecemos como é terrível a guerra civil, como ela depressa decai para o assassinato impensado. A fábula dos gêmeos guerreiros, de René Girard, é pertinente: quanto menos diferenças substantivas entre as duas partes, mais amargo é o ódio mútuo. Lembremos o comentário de Daniel Defoe sobre o conflito religioso na Inglaterra: que os partidários da igreja nacional juravam detestar os papistas e o papado sem saber se o papa era um homem ou um cavalo.

Soluções antigas para o problema da sucessão têm um ar notavelmente arbitrário: com a morte do soberano, seu primogênito homem o sucederá no poder, por exemplo. A vantagem da solução do primogênito homem é que ele é único; a desvantagem é que o primogênito homem em questão pode não ter aptidão para governar. Os anais dos reinos são cheios de histórias de príncipes incompetentes, para não falar de reis incapazes de gerar filhos.

Alan, disse ela, meu parceiro. E me deu um olhar. O olhar não dizia *É, eu sou, sob todos os aspectos e para todos os propósitos, uma mulher casada, então, se continuar no curso que tem em mente será uma questão de adultério clandestino, com todos os riscos e emoções envolvidos*, nada disso, ao contrário, dizia *Você parece achar que eu sou meio criança, será que preciso dizer que não sou nada criança?*

De um ponto de vista prático, não importa como se consegue a sucessão, contanto que ela não precipite o país na guerra civil. Um esquema em que muitos (embora, no geral, apenas dois) candidatos à liderança se apresentam ao populacho e se sujeitam à votação é apenas um do grande número que uma mente inventiva pode formular. Não é o esquema em si que interessa, mas o consenso em adotar o esquema e conformar-se com seus resultados. Assim, em si mesma, a sucessão pelo primogênito não é nem melhor nem pior do que a sucessão por eleição democrática. Mas viver em uma época democrática significa viver numa época em que apenas o esquema democrático tem aceitação e prestígio.

Assim como durante a época dos reis teria sido ingênuo pensar que o filho primogênito do rei seria o mais preparado para governar, também em nossa época é ingênuo pensar que o governante eleito democraticamente será o mais preparado. A regra de sucessão não é uma fórmula para identificar o melhor governante; é uma fórmula para atribuir legitimidade a um ou outro e assim evitar o conflito civil. O eleitorado — o *demos* — acredita que sua tarefa é escolher o melhor, mas na verdade sua tarefa é muito mais simples: ungir um homem (*vox populi vox dei*), não importa qual. Contar votos pode parece um meio de descobrir qual é a verdadeira (isto é, a mais alta) *vox populi*; mas

....

Eu também estou precisando de uma secretária, eu disse, valentemente.

É?, ela perguntou.

o poder da fórmula de contagem de votos, assim como o poder da fórmula do primogênito homem, está no fato de que é uma fórmula objetiva, não ambígua, fora do campo da contestação política. Jogar uma moeda seria igualmente objetivo, igualmente não ambíguo, igualmente incontestável e igualmente se poderia afirmar (como já se afirmou) que representa a *vox dei*. Não escolhemos nossos governantes jogando uma moeda — jogar moedas está associado ao baixo nível da atividade do jogo —, mas quem ousaria afirmar que o mundo estaria em pior estado se seus governantes tivessem, desde o começo dos tempos, sido escolhidos pelo método da moeda?

Imagino, ao escrever estas palavras, que estou discutindo essa questão antidemocrática com um leitor cético que estará continuamente comparando o que digo com os fatos de base: o que eu digo sobre a democracia aplica-se aos fatos da Austrália democrática, dos Estados Unidos democráticos, e assim por diante? O leitor deve ter em mente que para cada Austrália democrática existem duas Bielo-Rússias, ou Chades, ou Fijis, ou Colômbias que igualmente adotam a fórmula de contagem de votos.

É, eu disse, sou escritor profissional e tenho um prazo importante a cumprir, por isso preciso de alguém para digitar um manuscrito para mim e fazer, talvez, alguma revisão também e deixar, no geral, a coisa em boa forma.

Ela olhou sem entender.

A Austrália é, sob muitos aspectos, uma democracia avançada. É também uma terra onde abunda o cinismo sobre a política e o desdém pelos políticos. Mas esse cinismo e esse desdém estão confortavelmente acomodados dentro do sistema. Se você tem reservas sobre o sistema e quer transformá-lo, reza o argumento democrático, faça-o dentro do sistema: apresente-se como candidato a um cargo político, submeta-se à eleição e ao voto de seus concidadãos. A democracia não admite política fora do sistema democrático. Nesse sentido, a democracia é totalitária.

Se você questiona a democracia numa época em que todo mundo afirma ser democrata de corpo e alma, você corre o risco de perder contato com a realidade. Para retomar o contato, você tem a todo momento de relembrar a si mesmo como é ver-se cara a cara com o Estado — o Estado democrático ou qualquer outro — na pessoa do funcionário estatal. Então pergunte a si mesmo: Quem serve quem? Quem é o servidor, quem é o senhor?

....

Arrumadinha, organizada e legível, quero dizer, falei.

04. De Maquiavel

Na rádio interativa, o público têm telefonado para dizer que, embora concordem que a tortura é, no geral, uma coisa ruim, essa prática pode, mesmo assim, ser às vezes necessária. Alguns chegam até a propor que podemos ser forçados a praticar o mal em prol de um bem maior. No geral, essas pessoas desprezam quem se opõe absolutamente à tortura: dizem que essas pessoas não têm os pés no chão, não vivem no mundo real.

Maquiavel diz que se o governante aceita que todas as suas ações sejam submetidas ao escrutínio moral, ele infalivelmente será derrotado por um oponente que não se submeta a esse teste moral. Para conservar o poder, é preciso não apenas dominar as artes do engano e da traição, mas estar preparado para usá-las quando necessário.

Necessidade, *necessità*, é o princípio-guia de Maquiavel. A velha posição pré-maquiavélica era de que a lei moral é supre-

....

Procure alguém num escritório de serviços, disse ela. Tem um escritório na King Street que a companhia do Alan usa para trabalhos urgentes.

ma. Se acontecia de a lei moral ser às vezes desrespeitada, isso era uma infelicidade, mas afinal os governantes eram apenas humanos. A posição maquiavélica, nova, é que infringir a lei moral é justificável quando necessário.

Assim se inaugura o dualismo na cultura política moderna, que subverte ao mesmo tempo o padrão absoluto e o padrão relativo de valores. O Estado moderno apela para a moralidade, para a religião e para a lei natural como fundamentos ideológicos à sua existência. Ao mesmo tempo, está preparado para infringir qualquer uma ou todas essas coisas no interesse da autopreservação.

Maquiavel não nega que as imposições da moralidade sobre nós são absolutas. *Ao mesmo tempo*, ele afirma que, no interesse do Estado, o governante "é muitas vezes obrigado [*necessitato*], para conservar o governo, a agir contra a caridade, a fé, a humanidade, a religião".[3]

O tipo de pessoa que telefona para a rádio interativa e justifica o uso da tortura no interrogatório de prisioneiros mantém um duplo padrão de mentalidade exatamente dessa mesma forma: sem negar em nada a imposição absoluta da ética cristã (amar ao próximo como a si mesmo), essa pessoa aprova que se libere a mão das autoridades — o Exército, a polícia secreta — para fazer o que possa ser necessário para proteger o público dos inimigos do Estado.

....

Não preciso de ninguém de um escritório, eu disse. Preciso de alguém que possa ir pegando aos pedaços e me devolver depressa. Essa pessoa também tem de ter uma percepção, uma percepção intuitiva do que estou tentando fazer. Será que você se interessa pelo trabalho, já que somos quase vizinhos e já que você, conforme disse, está entre empregos? Eu pago, eu disse, e mencionei uma soma por hora que mesmo que ela fosse a czarina da hospitalidade a teria feito parar para pensar. Por causa da urgência, eu disse. Por causa desse prazo assustador.

A reação típica dos intelectuais liberais é apegar-se à contradição que existe aí: como alguma coisa pode ser ao mesmo tempo certa e errada, ou pelo menos errada e o.k. ao mesmo tempo? O que os intelectuais liberais não conseguem perceber é que isso que chamamos de contradição expressa a quintessência do maquiavélico e, portanto, do moderno, uma quintessência que foi inteiramente absorvida pelo homem da rua. O mundo é governado pela necessidade, diz o homem da rua, não por nenhum código moral abstrato. Temos de fazer o que temos de fazer.

Se você quer ir contra o homem da rua, não pode ser apelando para princípios morais, muito menos exigindo que as pessoas conduzam sua vida de tal forma que não haja contradições entre o que elas dizem e o que fazem. A vida normal está cheia de contradições; as pessoas comuns estão acostumadas a se acomodar a elas. O melhor é você atacar o *status* metafísico, supra-empírico de *necessità* e demonstrar que isso é fraude.

Uma percepção intuitiva: foram as minhas palavras. Joguei, assim, um tiro no escuro, mas funcionou. Que mulher que se dá ao respeito negaria ter uma percepção intuitiva? E assim veio a acontecer que minhas opiniões, em todas as suas versões e revisões, passarão pelos olhos e pelas mãos de Anya (o nome dela) da Alan e Anya, A & A, apartamento 2514, mesmo que a Anya em questão nunca tenha feito um isto de revisão na vida e mesmo que Bruno Geistler, da Mittwoch Verlag GmbH, tenha em seus quadros gente perfeitamente capaz de transformar fitas gravadas em inglês num manuscrito perfeito em alemão.

05. Do terrorismo

O parlamento australiano está para aprovar uma legislação antiterrorismo cujo efeito será suspender um âmbito das liberdades civis por prazo indeterminado. A palavra *histérica* vem sendo usada para descrever a reação dos governos dos Estados Unidos, da Grã-Bretanha e, agora, da Austrália, aos ataques terroristas. Não é uma palavra ruim, ela é bastante descritiva, mas não possui força explanatória. Por que deveriam nossos governantes, homens geralmente fleumáticos, reagir com súbita histeria aos cutucões do terrorismo, quando durante décadas foram capazes de continuar impassíveis na condução do dia-a-dia de seus negócios, plenamente conscientes de que em algum *bunker* profundo dos Urais um inimigo vigiava e esperava com um dedo no botão, pronto a, se provocado, varrer da face da terra a eles e suas cidades?

Uma explicação que se pode dar é que o novo inimigo é irracional. Que os velhos inimigos soviéticos podiam ser ardilosos e até diabólicos, mas não eram irracionais. Jogavam o jogo da diplomacia nuclear como jogavam o jogo de xadrez: aquilo que se chama de opção nuclear podia ser incluída no repertório de seus movimentos, mas a decisão de assumi-la seria, em última análise, racional (considerando-se aqui a tomada de decisões baseada na teoria da probabilidade como eminentemente racional, embora, por sua própria natureza, ela implique fazer apostas, assumir riscos), da mesma forma que as decisões tomadas pelo Ocidente. Portanto, o jogo seria jogado com as mesmas regras de ambos os lados.

....

Eu me levantei. Agora, vou deixar você com sua leitura, eu disse.

Esse novo confronto, porém (assim diz a explicação), não está sendo jogado segundo as regras da racionalidade. Os russos fizeram da sobrevivência (a sobrevivência nacional, que em política significa a sobrevivência do Estado, e, no jogo do xadrez internacional, a capacidade de continuar jogando) sua exigência menos negociável. Os terroristas islâmicos, por outro lado, não se importam a mínima com a sobrevivência, nem em nível individual (esta vida é nada comparada à vida pós-morte) nem em nível nacional (o Islã é maior que a nação; Deus não permitirá que o Islã seja derrotado). Esses terroristas não seguem também o cálculo racionalista de custo e benefício: dar um golpe nos inimigos de Deus é o que basta; o custo desse golpe, material ou humano, não é importante.

Essa é uma das razões por que a "guerra ao terrorismo" é um tipo de guerra fora do comum. Mas existe uma segunda razão também, que não chega a ter uma abrangência assim tão vasta, ou seja, que como os terroristas não são equivalentes a um exército inimigo, e sim a uma gangue criminosa armada que não representa nenhum Estado e não pertence a nenhuma nação, o conflito em que nos envolvem é de categoria diferente do conflito entre Estados e deve ser conduzido segundo um conjunto de regras bem diferente. "Não negociamos com terroristas, assim como não negociamos com criminosos."

Se tivesse um chapéu teria tirado, seria o gesto europeu e antiquado perfeito para o momento.

O Estado sempre foi muito sensível a essa questão de quem trata com quem. Para o Estado, os únicos contratos que contam como válidos são os contratos com outros Estados. A maneira como os governantes desses Estados chegaram ao poder é de importância secundária. Só quando "reconhecido" qualquer líder rival estará qualificado como co-jogador, como um membro da liga.

As regras dominantes para quem pode e quem não pode jogar o jogo da guerra são regras de auto-interesse, concebidas pelos governos nacionais e em nenhum caso de que eu tenha notícia apresentadas à aprovação da cidadania. Com efeito, eles definem a diplomacia, inclusive o uso da força militar como medida diplomática extrema, como uma questão exclusivamente entre governos. Infrações a essa meta-regra são penalizadas com extrema severidade. Daí a baía de Guantánamo, que é mais um espetáculo do que um campo de prisioneiros de guerra: uma horrenda demonstração do que pode acontecer com homens que escolhem jogar fora das regras do jogo.

Na nova legislação australiana, há uma lei que proíbe falar a favor do terrorismo. Constitui uma restrição à liberdade de expressão, e não pretende outra coisa.

....

Não vá ainda, ela disse. Conte primeiro: que tipo de livro vai ser?

O que estou produzindo é, estritamente falando, não um livro, eu disse, mas uma contribuição para um livro. O livro em si é idéia de um editor da Alemanha. O título será *Opiniões fortes*. O projeto é seis colaboradores de vários países dizerem o que quiserem sobre qualquer assunto que escolherem, quanto mais controverso melhor. Seis escritores importantes se pronunciando sobre o que está errado no mundo hoje. Deve ser lançado na Alemanha em meados do ano que vem. Daí o prazo apertado. Os direitos para o francês já foram vendidos, mas não para o inglês, pelo que sei.

Qual pessoa inteligente haverá de querer falar bem de terroristas islâmicos — jovens rígidos, fanáticos que se explodem em lugares públicos a fim de matar pessoas que definem como inimigos da fé? Ninguém, é claro. Então por que se preocupar com a proibição, a não ser em abstrato, como uma infração abstrata à liberdade de expressão? Por duas razões. Primeiro porque, embora lançar bombas de uma grande altitude sobre uma cidade adormecida não seja um ato de terror menor do que explodir a si mesmo no meio de uma multidão, é perfeitamente legal falar bem de bombardeio aéreo ("Shock and Awe").[4] Segundo, porque a situação do homem-bomba suicida não deixa de ter seu potencial trágico. Quem tem o coração tão duro a ponto de não sentir nenhuma compaixão pelo homem que, vendo sua família morta num ataque israelita, afivela um cinto-bomba sabendo perfeitamente que não existe nenhum paraíso cheio de huris à sua espera, e por luto e raiva destrói quantos assassinos puder? *Nenhuma outra saída além da morte* é uma marca e talvez mesmo uma definição do trágico.

Lembro-me que, em 1990, publiquei uma coletânea de ensaios sobre a censura. Não causou grande impressão. Um comentarista qualificou-a de irrelevante para a nova era que apenas começava, a era inaugurada pela queda do Muro de Berlim e pela fragmentação da União Soviética. Com a democracia liberal global ali virando a esquina, disse ele, o Estado não terá razão para interferir em nossa liberdade de escrever e falar o que quisermos; e, de qualquer forma, a nova mídia eletrônica impossibilitará o monitoramento e o controle das comunicações.

E o que está errado com o mundo de hoje?, ela perguntou.

Bem, o que vemos hoje, em 2005? Não só a reemergência das antiquadas restrições do tipo mais raso à liberdade de expressão — vejam-se as legislações dos Estados Unidos, do Reino Unido e agora da Austrália — mas também o monitoramento (por agências escusas) da comunicação telefônica e eletrônica do mundo inteiro. É o *déjà vu* todo de novo.

Não deve haver mais segredos, dizem os novos teóricos do monitoramento, querendo dizer algo bastante interessante: que a era em que os segredos contavam, em que segredos podiam exercer seu poder sobre a vida do povo (pense no papel dos segredos em Dickens, em Henry James) se acabou; nada que valha a pena saber pode escapar de ser revelado em questão de segundos e sem grande esforço; a vida privada é, sob todos os aspectos e para todos os fins, uma coisa do passado.

Ainda não sei dizer o que vai vir no topo da nossa lista — quer dizer, da lista que nós seis vamos compilar em conjunto —, mas, se você insistir, o que eu acho é que vamos dizer que o mundo é injusto. Uma distribuição injusta, um estado de coisas injusto, é disso que vamos falar. Cá estamos, seis *éminences grises* que ascenderam até o pico mais alto, e agora que chegamos ao topo o que descobrimos? Descobrimos que estamos velhos e doentes demais para gozar os devidos frutos de nosso triunfo. *Só isso?*, dizemos a nós mesmos, observando o mundo de delícias que não podemos ter. *Valeu a pena suar tanto?*

O que impressiona nessa proposição é não tanto a sua arrogância, mas aquilo que revela inadvertidamente sobre o conceito de segredo dos gabinetes oficiais: que um segredo é um item de informação e, como tal, fica sob as asas da ciência da informação, da qual um dos ramos é a *mineração*, a extração de traços de informação (segredos) de toneladas de dados.

Os mestres da informação esqueceram a poesia, onde as palavras podem ter um sentido bastante diferente do que diz o léxico, onde a fagulha metafórica está sempre um passo adiante da função de decodificação, onde uma outra leitura, imprevista, é sempre possível.

....

Foi só isso que eu disse para Anya naquela ocasião. O que eu não mencionei, porque não era lisonjeiro para mim, foi que quando Bruno fez a proposta eu pulei em cima para aceitar. Faço, faço, sim, eu disse; claro, vou cumprir o seu prazo. Uma oportunidade de resmungar em público, uma oportunidade de exercer uma vingança mágica do mundo por se recusar a moldar-se às minhas fantasias: como podia recusar?

06. Dos sistemas de navegação

Houve momentos na Guerra Fria em que os russos ficaram tão atrasados diante da tecnologia bélica dos Estados Unidos que, se tivessem chegado a uma guerra nuclear total, teriam sido aniquilados sem conseguir muita coisa em termos de retaliação. Durante esses períodos, o *mútuo* em Destruição Mútua Garantida era, na verdade, uma ficção.

Essas interrupções no equilíbrio ocorriam porque os americanos de quando em quando davam saltos à frente em telemetria, navegação e sistemas de orientação. Os russos podiam possuir poderosos foguetes e numerosas bombas, mas sua capacidade de lançá-los com precisão sobre os alvos era muito inferior à dos americanos.

....

Como digitadora, pura e simples, a Anya lá de cima é um pouco decepcionante. Ela cumpre as cotas diárias, quanto a isso não tem problema, mas a resposta que eu esperava, a sensibilidade para o tipo de coisa que eu escrevo, não existe, não. Às vezes, fico olhando desanimado para o texto que ela apresenta. Segundo Daniel Defoe, eu leio, o inglês de verdade detesta "papéis e papelada".

....

Ao passar por ele carregando minha cesta de roupa suja, faço questão de sacudir o traseiro, meu delicioso traseiro, envolto em jeans justos. Se eu fosse homem, não conseguiria tirar os olhos de mim. Alan diz que existem no mundo tantas bundas diferentes quanto rostos. Espelho, espelho meu, eu digo para Alan, a de quem é mais bela do que a minha? A sua, minha princesa, minha rainha, a sua, sem dúvida nenhuma.

Apesar disso, em nenhum momento os russos ameaçaram usar pilotos voluntários para arremeter aviões conduzindo bombas nucleares sobre alvos na América, sacrificando vidas nesse ato. Pode realmente ter existido voluntários assim; mas os russos não disseram mantê-los em reserva nem estarem baseando seus planos em táticas suicidas.

Em seus últimos programas espaciais, ambos os lados se esforçaram para trazer de volta à terra os astronautas ou cosmonautas que lançaram ao espaço, mesmo podendo certamente encontrar voluntários dispostos a sacrificar a vida para maior glória da nação (nenhum dos dois lados teve escrúpulos em mandar ratos, cães e macacos em missões suicidas). Os russos podiam muito bem ter mandado cosmonautas à Lua antes de 1969, se estivessem preparados para deixá-los morrer lá uma morte lenta depois de fincar a bandeira.

....

Os generais de Brejnev instalam-se "em algum lugar nos urinóis".

Eu digito o que eu ouço, aí passo pelo corretor ortográfico, ela diz à guisa de explicação. Vai ver que o corretor ortográfico erra às vezes, mas é melhor que adivinhar.

....

Ele só escreve sobre política — ele, El Señor, não Alan. É uma grande decepção. Me faz bocejar. Tento dizer para ele desistir, que as pessoas estão até aqui com política. Não falta assunto para escrever. Ele podia escrever sobre críquete, por exemplo — dar a sua visão pessoal sobre críquete. Eu sei que ele assiste críquete. Quando chegamos ontem à noite, o Alan e eu, lá estava ele, largado na frente da televisão, dava para ver da rua, ele nunca fecha a persiana.

Essa atitude em relação ao sacrifício humano é curiosa. Comandantes militares não pensam duas vezes para ordenar que tropas entrem em combate mesmo estando certos de que muitos deles morrerão. Soldados que desobedecem a ordens e se recusam a lutar são punidos, até mesmo executados. Por outro lado, o *ethos* do oficial impõe que é inaceitável selecionar soldados um por um e ordenar que desistam de sua vida, por exemplo, carregando explosivos para o meio dos inimigos, explodindo a si mesmos. No entanto — ainda mais paradoxalmente —, soldados que cometem tais atos por sua própria iniciativa são tratados como heróis.

O corretor ortográfico não tem inteligência própria, eu digo. Se você estiver disposta a deixar o corretor ortográfico corrigir sua vida, podia também jogar dados.

Eu mesma não sou avessa a críquete, para ver um pouco. É gostoso ver calças brancas apertadas na bunda dos rapazes. Que dupla a gente faria, Andrew Flintoff e eu, passeando pela rua, balançando os traseiros. Ele é mais novo que eu, Andrew Flintoff, mas já tem mulher e filhos. A mulherzinha deve ter pesadelos quando ele vai jogar fora, sonhos com o maridinho caindo diante dos encantos de alguém como eu, gostosa, excitante, exótica.

Em relação aos pilotos *kamikaze* japoneses da Segunda Guerra Mundial, o Ocidente mantém certo grau de ambivalência. Esses jovens com certeza eram valentes, diz a linha ortodoxa; entretanto, não podem ser qualificados como autênticos heróis porque, embora tenham sacrificado a vida e possam até, em certo sentido, ter sido voluntários no sacrifício de suas vidas, estavam psicologicamente incrustados num *ethos* militar e nacional que atribuía pouco valor à vida individual. Apresentar-se como voluntário para missões suicidas era então uma espécie de reflexo cultural mais do que uma decisão pessoal, autônoma, tomada de modo espontâneo. Os pilotos *kamikaze* não eram mais autenticamente heróicos do que abelhas que instintivamente dão a vida para proteger a colméia.

De forma semelhante, no Vietnã, a prontidão dos insurgentes vietnamitas em aceitar grandes perdas em ataques frontais a seus inimigos americanos foi atribuída não ao heroísmo individual, mas ao fatalismo oriental. Quanto a seus comandantes, a prontidão em ordenar tais ataques comprova sua cínica desconsideração pelo valor da vida humana.

Não estamos falando da vida, ela diz. Estamos falando de digitação. Estamos falando de ortografia. E por que o texto em inglês tem de estar escrito certo se vai ser traduzido para o alemão?

A visão do El Señor não é tão boa, ele mesmo diz. Ainda assim, quando eu me mexo bem macio sinto os olhos dele em cima de mim. É esse o jogo entre eu e ele. Eu não ligo. Para que mais serve a bunda da gente? É usar ou perder.

Quando o primeiro ataque suicida ocorreu em Israel, de início pode ter havido alguma ambivalência moral no Ocidente. Explodir-se é, afinal, mais corajoso ("tem de ter mais fibra") do que deixar uma bomba num local cheio de gente e ir embora. Mas essa ambivalência logo evaporou. Como os homens-bomba sacrificam suas vidas por fins maléficos, rezavam então os argumentos, eles nunca poderiam ser verdadeiros heróis. Além disso, uma vez que não davam de fato valor à própria vida (acreditavam que num piscar de olhos seriam transladados ao paraíso), havia uma percepção de que não estavam sacrificando absolutamente nada.

....

Eu calo a minha boca. Críticas claramente a irritam. Não tem importância, eu digo, vai ficar tudo mais fácil.

....

Quando não estou carregando cestos de roupa suja, sou a *segretaria* dele, meio período. Além disso, de vez em quando, dou uma ajuda na casa. Primeiro, era para eu ser só *segretaria*, a secreta ária, a *scary fairy*,[5] na verdade nem isso, só a datilógrafa, a *tipitista*, a clequeclequedista. Ele dita grandes idéias para a máquina, depois me entrega as fitas, mais uma pilha de folhas de papel com aqueles rabiscos de quase cego, as palavras difíceis escritas com cuidadosas maiúsculas. Eu levo as fitas e escuto com meus fones de ouvido, depois digito solenemente. Dou uma ajeitada também, aqui e ali onde eu posso, onde falta alguma coisinha, um certo *umpf*, embora ele deva ser o grande escritor e eu só uma pequena filipina.

Era uma vez uma época em que existiam guerras (a guerra de Tróia, por exemplo, ou, mais recentemente, a guerra anglo-boer) em que atos de bravura dos inimigos eram identificados, reconhecidos e lembrados. Esse capítulo da história parece ter se encerrado. Nas guerras de hoje não existe aceitação, nem em princípio, de que o inimigo possa ter heróis. Homens-bomba no conflito israelita-palestino ou no Iraque ocupado são vistos no Ocidente como inferiores aos simples lutadores de guerrilha: do guerrilheiro se pode ao menos afirmar que oferece algum tipo de combate marcial, porém o homem-bomba luta — se é que se pode dizer que luta — sujo.

Seria desejável manter algum respeito por qualquer pessoa que escolhe a morte em vez da desonra, mas no caso dos homens-bomba islâmicos o respeito não vem tão fácil quando se vê quantos eles são e, portanto (num passo lógico que pode estar perversamente errado e apenas expressar o velho preconceito ocidental contra a mentalidade de massa do Outro), como devem dar pouco valor à vida. Diante desse dilema, talvez ajude pensar nos homens-bomba como uma resposta, de natureza um tanto desesperada, ao progresso americano (e israelita) na tecnologia de navegação, o qual vai muito além da capacidade de seus oponentes. Neste momento, nos Estados Unidos, empreiteiros da defesa estão trabalhando para tornar realidade um

....

Ela faz bico. Eu estava esperando mais era uma história, diz ela. É difícil pegar o jeito quando o assunto fica mudando.

....

Segretaria. Parece nome de coquetel do Haiti: rum com suco de abacaxi e sangue de boi, batido com gelo picado e com dois testículos de galo em cima.

campo de batalha do futuro imperial no qual o pessoal americano não precisará mais estar fisicamente presente, no qual a morte e a destruição serão levadas ao inimigo (humano) por soldados robôs controlados eletronicamente por técnicos sentados num navio de guerra a centenas de quilômetros ou numa sala de operações do Pentágono. Diante de tal adversário, como alguém pode preservar a própria honra senão com desespero, extravagantemente jogando fora a própria vida?

Como é demais esperar que ela entenda minha caligrafia, eu gravo a produção diária numa fita e entrego para ela a fita e o manuscrito para trabalhar. É um método que já usei antes, não há razão para não funcionar, embora não se possa negar que minha caligrafia está se deteriorando. Estou perdendo o controle motor. Faz parte do meu estado. É parte do que está acontecendo comigo. Em alguns dias, eu aperto os olhos para ler o que acabei de escrever, mal consigo decifrar eu mesmo.

A verdade é que ele não precisa de *segretaria* nem de *tipista*, ele podia digitar as idéias dele sozinho, tem para vender teclados com teclas imensas para gente como ele. Mas ele não gosta de digitar (tem um "insuperável desagrado" como ele diz), prefere apertar a caneta e sentir as palavras saírem pela ponta. Nada como a sensação das palavras saindo para o mundo, diz ele, chega a dar arrepios. Eu me empertigo, faço boca de ameixa seca. O senhor não devia dizer essas coisas para uma garota boazinha, Señor, eu digo. E viro as costas e saio rebolando a bunda, os olhos dele ávidos em cima de mim.

07. Da Al-Qaeda

Ontem à noite, na televisão, um documentário da BBC argumenta que, por razões próprias, a administração norte-americana prefere manter vivo o mito da Al-Qaeda como uma organização terrorista secreta poderosa, com células em todo o mundo, quando a verdade é que a Al-Qaeda está praticamente destruída e que o que vemos hoje são ataques de terror feitos por grupos autônomos de radicais muçulmanos.

Então prosseguimos desse jeito pontuado de erros. "Adquirindo uma identidade itálica."[6] Quem ela pensa que eu sou — Enéas? *Subject hood.*[7] Os cidadãos do Estado perambulando pelas ruas com seus capuzes negros. Imagens surrealistas. Talvez seja isso que ela pensa que é ser um escritor: delirar num microfone, dizendo a primeira coisa que lhe vem à cabeça; depois entrega-se a mixórdia para uma garota, ou para um aparelho qualquer, e espera-se para ver o que vão fazer com aquilo.

Aprendi com os patos, acho: uma sacudida do rabo tão rápida que é quase um tremor. Quick-quack. Por que a gente haveria de ser importante demais para aprender com os patos?

De onde você veio?, ele perguntou aquele primeiro dia na lavanderia, quando tudo começou. Ora, lá de cima, caro senhor, eu disse. Não é isso, ele disse. Onde você nasceu? Por que quer saber?, eu respondi. Não tenho os olhos loiros e o cabelo azul que combinam com o seu gosto?

Não tenho dúvida de que as principais alegações do documentário são verdadeiras: que o "terrorismo islâmico" não é uma conspiração com um centro de controle e direção; e que a administração norte-americana está, talvez deliberadamente, exagerando os perigos enfrentados pelas pessoas. Se existisse de fato uma organização diabólica com agentes espalhados por todo o mundo, dedicada a desmoralizar populações ocidentais e destruir a civilização ocidental, a esta altura ela já teria com certeza envenenado os suprimentos de água de toda parte, ou abatido aviões comerciais, ou espalhado germes nocivos — atos de terrorismo bem fáceis de produzir.

Pergunto o mais despreocupadamente possível que tipo de trabalho ela fez, o que de fato "hospitalidade" e "recursos humanos" querem dizer. É o seu jeito de perguntar se eu tenho diploma de digitadora?, ela responde. Pouco me importa um diploma, respondo, estou simplesmente tentando completar a imagem. Eu fiz uma porção de coisas, ela responde, isto, aquilo, mais aquilo, não anotei numa lista. Mas o que quer dizer isto, aquilo e mais aquilo?, insisto. Tudo bem, ela responde, que tal isto aqui?: em junho e julho trabalhei como recepcionista. Temporária. Num gatil. Fico olhando para ela. Um gatil, ela repete com cara séria: sabe?, uma moradia para gatos.

Lá em cima não queria dizer muita coisa, só que nós temos um apartamento no vigésimo quinto andar, vinte e cinco andares acima dele, com uma varanda e uma vista do porto, se você apertar os olhos. Então ele e eu somos vizinhos de certa forma, vizinhos distantes, El Señor e La Segretaria.

Fazia parte do programa de televisão a história de quatro jovens muçulmanos americanos que estavam sendo julgados por planejar um ataque à Disneylândia. Durante o julgamento, a acusação apresentou como prova um vídeo doméstico encontrado no apartamento deles. O vídeo era extremamente amador. Continha longos trechos de uma lata de lixo e dos pés do operador da câmera enquanto caminhava. A acusação afirmou que o amadorismo era fingido, que assistíamos a um ensaio de reconhecimento: a lata de lixo era um potencial esconderijo para uma bomba, os pés que caminhavam marcavam a distância entre A e B.

A análise oferecida pela acusação para essa interpretação paranóica foi que o próprio amadorismo do vídeo era base para suspeita, uma vez que, quando se trata da Al-Qaeda, nada é o que parece.

...

Um gatil. Posso vê-la no balcão de um gatil. Sente, por favor, fique à vontade, Ursula vai sair daqui a um minuto, ou prefere ver Tiffany?

...

Não devia deixar as persianas abertas depois que escurece, eu alerto, estranhos podem ver o que o senhor está fazendo. O que eu poderia fazer que fosse do interesse de estranhos?, ele pergunta. Não sei, digo eu, as pessoas fazem coisas incríveis. Bom, ele responde, logo vão se encher de olhar para mim, sou um ser humano nada diferente deles. Bobagem, eu digo, nós somos todos diferentes, de jeitos sutis, a gente não é formiga, não é carneiro. Por isso é que a gente dá uma espiada pelas persianas quando as persianas estão abertas: para ver os jeitos sutis. É natural.

Onde os promotores públicos aprenderam a pensar dessa forma? A resposta: em aulas de literatura nos Estados Unidos nos anos 1980 e 1990, nas quais eles aprenderam que a suspeita é uma virtude importante da crítica, que o crítico não deve aceitar absolutamente nada por seu valor aparente. De sua exposição à teoria literária, esses graduados não muito inteligentes da academia de humanidades, em sua fase pós-modernista, depreenderam um conjunto de instrumentos analíticos que entendiam obscuramente como útil fora da sala de aula, e uma intuição de que a capacidade de afirmar que nada é o que parece ser pode levar você a algum lugar. Colocar esses instrumentos em suas mãos foi a *trahison des clercs* de nossa época. "Você me ensina linguagem e o que eu lucro com isso é aprender a xingar."

....

E antes da moradia para gatos?, persevero.

....

Kurosawa. *Os sete samurais*. Como John Howard e os liberais são uma repetição dos sete samurais. Quem vai acreditar nisso? Me lembro de ter assistido *Os sete samurais* em Taiwan, em japonês com legendas em chinês. Não consegui entender quase nada do que acontecia. A única imagem que me ficou foram as coxonas nuas do maluco com o cabelo amarrado para cima. Canelas com armadura, coxas nuas, traseiro nu: a moda daquela época! Era de enlouquecer uma mulher.

08. Das universidades

Foi sempre meio mentiroso afirmar que as universidades são instituições autogovernadas. Porém, o que as universidades sofreram durante os anos 1980 e 1990 foi bem vergonhoso, uma vez que, diante da ameaça de ver cortadas as suas verbas, elas se permitiram ser transformadas em empresas, nas quais os professores que antes conduziam suas pesquisas com soberana liberdade foram transformados em explorados funcionários obrigados a preencher cotas sob o olhar de gerentes profissionais. É muito duvidoso que os velhos poderes do professorado venham a ser restaurados.

....

Se queria um CV, devia ter pedido no começo, ela diz. Em vez de me contratar com base na minha aparência. Quer encerrar o assunto agora? Por mim, tudo bem. Aí o senhor pode encontrar alguém que tenha o seu alto padrão. Ou ir a um escritório, como eu sugeri de cara.

....

Escreva sobre críquete, eu sugiro. Escreva suas memórias. Qualquer coisa que não seja política. O seu jeito de escrever não combina com política. Política é berrar para calar a boca dos outros e conseguir o que você quer, não é uma coisa lógica. Escreva sobre o mundo à sua volta. Escreva sobre passarinhos. Tem sempre um bando de pegas passeando no parque como se fossem as donas, o senhor podia escrever

Nos dias da Polônia dominada pelo poder comunista, havia dissidentes que davam aulas noturnas em casa, realizando seminários sobre escritores e filósofos excluídos do cânone oficial (por exemplo, Platão). Nenhum dinheiro trocava de mãos, embora possa ter havido outras formas de pagamento. Se o espírito da universidade deve sobreviver, pode ser que seja preciso algo nessa linha em países onde a educação terciária ficou inteiramente subordinada aos princípios empresariais. Em outras palavras, a verdadeira universidade poderá ser forçada a mudarse para a casa das pessoas e expedir diplomas para os quais o único endosso serão os nomes dos estudiosos que assinarem os certificados.

....

Por favor, eu digo. Por favor, não me leve a mal.

....

sobre elas. Xô, seus monstros!, eu falo, mas claro que elas nem ligam. Sem testa, o crânio continua direto no bico, sem espaço para cérebro.

O que ele fala de política me dá sono. Tem política em volta da gente o tempo todo, é como ar, como poluição. Não dá para lutar contra a poluição. Melhor ignorar, ou se acostumar, se adaptar.

O Alan entra na sala enquanto estou digitando. Então, o que você está aprontando agora?, ele pergunta. Digitando para o velho, eu digo. Sobre o que é?, ele pergunta. Samurai, respondo. Ele vem e lê por cima do meu ombro. Certidão de nascimento para animais, diz ele — ele é louco? Ele quer dar nomes para todos eles? Clifford John Rato. Susan Annabel Rata. Que tal atestado de óbito também, já que ele está nessa? Quando você vem para a cama?

09. Da baía de Guantánamo

Alguém devia fazer um balé com o título de *Guantánamo, Guantánamo!* Um grupo de prisioneiros acorrentados uns aos outros pelos tornozelos, grossas mitenes de feltro nas mãos, protetores de orelhas, capuzes pretos na cabeça, faz a dança dos perseguidos e desesperados. Em torno deles, guardas de fardas verde-oliva se empinam com demoníaca energia e ânimo, aguilhões de gado e cassetetes em prontidão. Eles tocam os prisioneiros com os aguilhões e os prisioneiros saltam; submetem e imobilizam os prisioneiros no chão, enfiam os cassetetes em seus ânus e os prisioneiros têm espasmos. Num canto, um homem sobre pernas-de-pau com uma máscara de Donald Rumsfeld alterna a escrita em seu pódio com danças de pequenas gigas estáticas.

Um dia, isso será feito, embora não por mim. Poderá até ser um sucesso em Londres, Berlim e Nova York. Não terá qualquer efeito nas pessoas que são o seu alvo, que não ligam a mínima para o que as platéias de dança pensam delas.

Não levar a mal? Quando dizem que não sei digitar?

Três anos juntos e Alan ainda sente tesão por mim, tanto tesão que tem hora que eu acho que ele vai explodir. Ele gosta que eu fale dos meus ex quando ele está fazendo. E daí?, ele pergunta. E daí? E daí? Aí ele me fez botar na minha boca, eu digo. Esta boca?, ele pergunta. Estes lábios? E me dá beijos loucos, furiosos. É, estes lábios, eu digo, me soltando dos beijos dele só o tempo de falar, e ele explode.

10. Da vergonha nacional

Um artigo numa edição recente da revista *New Yorker* deixa claro como o dia que a administração dos Estados Unidos, com a liderança assumida por Richard Cheney, não apenas sanciona a tortura de prisioneiros capturados na chamada guerra ao terror como age sob todos os aspectos para subverter as leis e as convenções que proíbem a tortura. Podemos, então, falar legitimamente de uma administração que, embora legal no sentido de ter sido legalmente eleita, é ilegal ou antilegal no sentido de operar além dos limites da lei, driblando a lei e resistindo ao domínio da lei.

Claro que sabe digitar. Sei que este trabalho não está à sua altura, sinto muito por isso, mas vamos continuar, vamos em frente. As-

Tudo mentira, claro. Eu invento para ele ficar inflamado. Essas coisas que você me contou, ele diz depois, é tudo mentira, não é? Tudo mentira, eu digo, e dou um grande sorriso misterioso para ele. Sempre deixe o homem na desconfiança.

E o velho, ele pergunta, ele não tentou nada com você, tentou? Se ele me deu um cutucão, você quer saber?, eu pergunto. Não, ele não me cutucou. Não tentou. Mas e se tentar? O que você faria? Descia e batia nele? Vai acabar saindo no jornal assim. Todo mundo vai rir de você. Escritor famoso espancado por amante ciumento.

A falta de vergonha deles é bem extraordinária. Suas negativas são menos que indiferentes. A distinção que seus advogados traçam entre tortura e coerção é patentemente insincera, *pro forma*. No novo sistema que criamos, dizem eles, implicitamente, os velhos poderes da vergonha foram abolidos. Seja qual for a aversão que você possa sentir, isso não conta. Você não pode nos atingir, somos poderosos demais.

Demóstenes: enquanto o escravo teme apenas a dor, o que o homem livre mais teme é a vergonha. Se aceitamos como verdadeiro o que diz a *New Yorker*, a questão para os americanos enquanto indivíduos passa a ser uma questão moral: diante dessa vergonha à qual estou sujeito, como me comporto? Como preservo minha honra?

O suicídio preservaria a honra dessa pessoa, e talvez entre os americanos já tenham ocorrido suicídios por honra de que não se ouve falar. Mas e a ação política? Será que bastará a ação política — não a resistência armada, mas a ação dentro das regras básicas do sistema democrático (fazer circular petições, organizar reuniões, escrever cartas)?

....

sim, faço o que posso para acalmá-la. *Graças a Deus eu não sou mr.*

....

Ele não tentou nada enquanto eu estou com ele, mas o que ele apronta depois que eu saio é outra história. Só Deus sabe o que ele apronta então, Deus e a Virgem Maria e o coro de santos. Ele roubou uma calcinha minha da secadora, tenho certeza. O que eu acho é que ele se desabotoa quando eu saio e se enrola na minha calcinha e fecha os olhos e invoca visões do meu traseiro divino e goza sozinho. E depois fecha a calça e volta para John Howard e George Bush, para os vilões que eles são.

Era disso que eu estava falando sobre deixar as persianas abertas e chocar as pessoas.

A desonra não respeita distinções sutis. A desonra cai sobre os ombros da pessoa e depois que caiu, por mais que se insista, não se dissipará. No atual clima de medo exacerbado e na ausência de qualquer onda de repulsa popular à tortura, parece pouco provável que atos políticos de cidadãos individuais venham a ter qualquer efeito prático. No entanto, talvez sustentados tenazmente e com espírito de ultraje, esses atos possam ao menos permitir que as pessoas mantenham a cabeça erguida. Ações mais simbólicas, por um lado — queimar a bandeira, pronunciar em voz alta as palavras "eu abomino os líderes de meu país e me dissocio deles" —, certamente não serão suficientes.

Impossível acreditar que o espetáculo da honra desse país sendo arrastada na lama não gere idéias assassinas em alguns corações americanos. Impossível acreditar que ninguém ainda conspirou para assassinar esses criminosos dos altos postos. Terá talvez já havido uma conspiração Stauffenberg, cujos registros, em algum momento do futuro, virão à luz do dia?

Aberdeen, penso, *casado com esta mocinha irritante.* Mas isso é bobagem, claro. Eu daria minha mão direita para ser mr. Aberdeen.

•

O Alan vota no Howard. Já eu, na eleição de 2004, achei que não ia votar nele, mas aí, no último minuto, votei. Melhor o diabo conhecido que o desconhecido, eu disse comigo mesma. Dizem que a gente tem três anos para decidir, de uma eleição até a seguinte, mas não é verdade. A gente sempre espera até o último minuto para resolver. Igual com o Alan, quando ele me pediu. Vamos?, ele falou. Eu não

De qualquer modo, sem muita perspectiva de uma inversão de política, o objetivo não apenas de americanos de consciência, mas de indivíduos ocidentais em geral, deve ser encontrar uma maneira de salvaguardar a própria honra, o que se constitui, até certo ponto, no mesmo que manter o auto-respeito; também é uma questão de não ter de aparecer com as mãos sujas diante do julgamento da história.

O julgamento da história é também, com clareza, uma questão que exercita as mentes da administração norte-americana. A história nos julgará com base no registro que deixarmos, dizem eles em público; e sobre esse registro, eles lembram a si mesmos em privado, temos um grau de controle sem paralelo. Que não sobreviva traço algum do pior dos nossos crimes, textual ou físico. Que as pastas sejam retalhadas, os discos rígidos estilhaçados, os corpos queimados, as cinzas espalhadas.

De Richard Nixon eles escarnecem. Nixon era um amador, dizem. Nixon era relaxado com a segurança. Na lista de prioridade deles, a segurança — com o que querem dizer segredo — vem em primeiro, segundo e terceiro lugares.

Não acha que eu podia ser modelo?, ela pergunta, assim, do nada.

---

precisava ter respondido sim, podia ter respondido não. Mas não respondi. E agora cá estamos, vivendo juntos, o senhor Palheiro e a dona Agulha, grudados feito gêmeos.

Vamos ou não vamos, o Alan disse aquela noite no Ronaldo's. Vou ou não vou?, eu me perguntei. Ini-mini-maini-mão.[8] Foi assim que Howard se elegeu. O nêgo se pega é pelo dedão, você sabe, o negão. Opa. Negro.

O pior de seus atos nós nunca saberemos: temos de estar preparados para aceitar isso. Para saber o pior, nós teremos de extrapolar e usar a imaginação. O pior é, provavelmente, o que quer que pensemos que sejam capazes (capazes de ordenar, capazes de fechar os olhos para alguma coisa); e o que eles são capazes de fazer é, muito simplesmente, qualquer coisa.

Não existe ainda nenhuma prova de que australianos tenham participado das atrocidades. Ou os americanos não os pressionaram para juntar-se a eles, ou houve pressão e eles resistiram. Um oficial de inteligência australiano, um homem chamado Rod Barton, especialista científico que se viu participando do interrogatório de cientistas iraquianos, rompeu o silêncio, trouxe a público a sua história, e depois, para seu grande crédito, demitiu-se do serviço público.

....

Ela está no meu apartamento. Acabou de entregar a digitação do dia; está saindo, mas por alguma razão resolve ficar mais. Põe as mãos na cintura, balança o cabelo, me lança olhares provocantes.

....

Como eu disse, a visão dele é fraca, do El Señor. "Minha vista está acabando, está tudo acabando, mas principalmente minha vista." Por isso ele fala em espremer minhocas da caneta. As páginas escritas à mão que ele me dá não servem para nada, não ajudam. Ele faz as letras bem direitinho, os emes, enes, os us e até os dáblius, mas quando tem de escrever uma passagem inteira, não consegue deixar a linha reta, ela afunda feito um avião mergulhando de nariz no mar ou um barítono que fica sem ar. Nunca para cima, sempre para baixo.

O governo australiano, por outro lado, tem sido o mais abjeto membro da chamada Coalizão dos Empenhados, e estava mesmo preparado para sofrer, com nada além de um sorriso amarelo, a humilhação de não receber nada em troca. Em negociações com os Estados Unidos sobre os termos de comércio bilateral, os pedidos de concessões do governo, em vista de sua fiel colaboração no Iraque e em outras partes, têm recebido pouca atenção. O governo tem mantido um obediente silêncio na questão de David Hicks, o jovem muçulmano australiano preso pelos americanos na baía de Guantánamo. Na verdade, a situação dele tem evocado de certos ministros de gabinete uma represália, uma mesquinharia moral, digna de Donald Rumsfeld ou do próprio Bush mais moço.

Embora tenha sido cúmplice dos crimes americanos, dizer que a Austrália caiu na mesma antilegalidade ou extralegalidade da América seria forçar a questão. Esse estado de coisas logo pode mudar. Nos novos poderes de policiamento com que o governo australiano está a ponto de brindar a si mesmo, percebe-se um desprezo comparável pelo domínio da lei. É uma época extraordinária, reza o mantra, e épocas extraordinárias exigem medidas extraordinárias. Pode não ser preciso um empurrão muito grande para que a Austrália escorregue para a mesma condição da América, onde, com base em denúncias de informantes ("fontes"), as pessoas simplesmente desaparecem ou são desaparecidas da sociedade, e trazer a público seu desaparecimento constitui crime.

Modelo, digo eu; geralmente escolhem moças mais altas para ser modelos. Mais altas e mais novas. Você ia ter de se ver concorrendo com meninas magrinhas de dezesseis anos.

Olho ruim, dente pior. Se eu fosse ele arrancava tudo e fazia um belo par de dentaduras novas. Nenhuma esposa ia agüentar aqueles den-

A desonra é um estado de ser que vem com tonalidades e gradações? Se existe um estado de desonra profunda, existe também um estado de desonra leve, desonra *light*? É tentador dizer que não: desonra é desonra. No entanto, se eu hoje ficasse sabendo que algum americano cometeu suicídio para não viver em desgraça, eu entenderia perfeitamente; ao passo que um australiano que cometesse suicídio em reação aos atos do governo Howard correria o risco de parecer cômico. A administração americana levou a represália a um nível infernal, enquanto a mesquinharia dos australianos continua meramente miudinha.

....

Não estava falando desse tipo de modelo, ela diz. De que tipo de modelo então?, pergunto. Modelo fotográfico, ela diz. Ela faz uma cara amuada, sacode os quadris. O senhor sabe, diz ela. Não ia gostar de uma foto minha? Podia pôr em cima da sua mesa.

....

tes, ia mandar ele para o dentista um-dois-três, já-já-já. Arrume esses dentes aí, senão vou embora. Ele foi casado. Eu sei porque perguntei. Então, Señor C, eu falei, o senhor nunca se casou? Casei, sim, ele respondeu. Eu esperava mais: quantos filhos, quando a mulher morreu, se morreu, do que morreu, essas coisas. Mas foi só isso: *Casei, sim*, como se eu devesse entender *Casei, sim, não gostei e não quero falar disso.*

O Alan era casado, eu falei sem ele perguntar. Já contei? Largou da mulher para ficar comigo. Gastou um monte de dinheiro.

A geração de sul-africanos brancos à qual pertenço e a geração seguinte, e talvez a geração depois dessa também, curva-se debaixo da vergonha dos crimes cometidos em seu nome. Entre eles, os que se empenham em preservar seu orgulho pessoal, recusando-se terminantemente a se curvar diante do julgamento do mundo, sofrem de um ardente ressentimento, de uma áspera raiva por serem condenados sem ser ouvidos de maneira adequada, o que, em termos psíquicos, pode acabar se transformando num peso igualmente grande. Essas pessoas podem aprender com os britânicos um ou outro truque de manipulação da culpa coletiva. Os britânicos simplesmente declararam sua independência de seus antepassados imperiais. O Império foi há muito abolido, dizem eles, então por que temos de nos sentir responsáveis? E, de qualquer forma, as pessoas que conduziam o Império eram vitorianas, gente dura, rígida, de roupas escuras, que não têm nada a ver conosco.

....

A discussão de ontem está esquecida — perdoada e esquecida? Talvez. Ou talvez ela não se lembre daquilo como uma discussão. Talvez tenha passado por cima da consciência dela como uma mera rajada de vento sobre a água.

....

Tenho de tomar a iniciativa porque ele nunca pergunta nada, não depois de ter perguntado de onde eu era. *De onde você veio?*, ele perguntou naquele primeiro dia, e eu respondi, *Ora, daí de cima, caro senhor*. Ele não gostou. Descarado demais. Um monte de garrafas vazias na cozinha dele, que eu não devia ter visto. Baratas também. O

Dias atrás, assisti à apresentação da Quinta Sinfonia de Sibelius. Perto dos últimos compassos, experimentei exatamente a emoção grande, plena, que a música foi escrita para produzir. Como teria sido, pensei, ser um finlandês sentado na platéia na primeira apresentação da sinfonia em Helsinque, há quase um século, e sentir essa onda tomar conta da gente? A resposta: eu sentiria orgulho, orgulho porque *um de nós* conseguiu juntar esses sons, orgulho porque, do nada, nós, seres humanos, somos capazes de fazer uma coisa dessas. Compare isso com a sensação de vergonha de *nós, nosso povo*, termos feito Guantánamo. A criação musical em uma mão, a máquina de infligir dor e humilhação na outra: o melhor e o pior de que são capazes os seres humanos.

....

Como cada palavra que ela diz é encantadora, ela pode dizer o que lhe vier à cabeça. Da mesma forma, como tudo o que ela faz tem de ser engraçadinho, ela tem liberdade de fazer o que sentir vontade. Um modo de pensar de criança mimada. O problema é que ela não é mais criança. Isso deixa um gosto perturbador.

•

....

que mostra quanto tempo faz que a mulher deve ter morrido ou fugido. Andando para lá e para cá pelos rodapés quando acham que ninguém está olhando. Migalhas por todo lado, até em cima da mesa. Paraíso das baratas. Claro que ele tem dente ruim. Mastiga-mastiga, escreve-escreve, fala-fala. Abaixo os liberais. O que diz Hobbes. O que diz Maquiavel. Hum hum.

11. Da maldição

Num livro sobre religião grega antiga, um ensaio de um homem chamado Versnel, de Leiden, sobre as inscrições de certas tábuas de chumbo recuperadas de templos do mundo antigo. Como essas tábuas têm como característica a invocação da ajuda de um deus para endireitar algum erro cometido pelo praticante, Versnel as chama de "tábuas da maldição".

De Mênfis, século IV a.C., uma tábua de maldição (em grego) deixada no templo de Oserápis: "Ó Senhor Oserápis e vós, deuses entronizados ao lado de Oserápis, a vós dirijo minha prece, eu, Artemísia... contra o pai de minha filha, que roubou dela os seus presentes de morte (?) e seu esquife... Exatamente do mesmo jeito que ele cometeu injustiça contra mim e meus filhos, desse mesmo jeito, permitam Oserápis e os deuses que ele não seja enterrado por seus filhos e que ele próprio não consiga enterrar seus pais. Enquanto minha acusação a ele aqui estiver, possa ele perecer em miséria, em terra ou mar...".[9]

....

Pergunto-lhe sobre Alan, sobre o que ele faz. Alan é consultor de investimentos, diz ela. Independente?, pergunto. Ele tem uma socie-

....

Eles geralmente têm no quarto uma foto do cônjuge na flor da idade. Ou uma foto de casamento, o casal feliz. E depois os filhos, um depois do outro, enfileirados. Mas, no quarto dele, nada. Na parede,

Deve haver gente em todo mundo hoje que, recusando-se a aceitar que não existe justiça no universo, invoca a ajuda de seus deuses contra a América, uma América que se proclamou acima do alcance das leis das nações. Mesmo que os deuses não atendam hoje ou amanhã, dizem a si mesmos os solicitantes, eles ainda podem entrar em ação dentro de uma ou duas gerações. Seu pedido se transforma assim em maldição: que a lembrança do mal que foi feito contra nós não desapareça, que o castigo se abata sobre os malfeitores nas gerações futuras.

....

dade, diz ela, mas é bem independente, todos os sócios são bem independentes, é uma sociedade desse tipo. Será que Alan poderia me acon-

....

um pergaminho em alguma língua estrangeira (latim?) com o nome dele numas letras chiques, com uma porção de arabescos e um grande selo de lacre vermelho num canto. As credenciais dele? O diploma? A licença que permite que ele exerça a profissão? Eu não sabia que precisava de licença para ser escritor. Achei que era só alguma coisa que você fazia se tivesse jeito.

Mrs. Saunders diz que ele é da Colômbia, mas ela está errada, ele não é da América do Sul, não.

Eu não me encarreguei, quando aceitei o trabalho, de levar para fora as garrafas, de arrumar o banheiro e passar inseticida contra as baratas. Mas não dá para deixar um homem viver em tamanha sujeira. É ofensivo. Ofensivo para quem? Para as visitas. Para os pais que trouxeram a pessoa ao mundo. Para a decência comum.

Esse é precisamente o tema profundo de William Faulkner: o roubo da terra dos índios ou o estupro de mulheres escravas voltam de forma imprevisível gerações depois, para assombrar o opressor. Olhando para trás, o herdeiro da maldição sacode a cabeça, pesaroso. *Achamos que eles eram impotentes*, diz, *por isso fizemos o que fizemos; agora vemos que eles não eram impotentes coisa nenhuma.*

"A culpa trágica", escreve Jean-Pierre Vernant, "toma forma no constante choque entre a antiga concepção religiosa do delito como um aviltamento ligado a toda uma raça e inexoravelmente transmitido de uma geração a outra... e o novo conceito adotado pela lei segundo o qual o culpado é definido como um indivíduo particular que, agindo sem qualquer coação, escolheu deliberadamente cometer um crime."[10]

---

selhar sobre investimentos?, pergunto. Ela hesita. Vou perguntar para ele, diz ela; mas geralmente ele não gosta de trabalhar para amigos. Eu não sou amigo, digo eu, só alguém que, por acaso, vive no andar térreo; mas não se preocupe, eu só estava curioso. Quanto tempo faz que Alan está nessa sociedade?

O Alan quer saber quanto dinheiro ele tem. Como é que eu vou saber?, eu digo, ele não fala de finanças comigo. Olhe nas gavetas, o Alan diz. Olhe nos armários da cozinha. Procure uma caixa de sapato: é esse o esconderijo, ele é do tipo que guarda dinheiro em caixa de sapato. Amarrado com barbante?, pergunto. Barbante ou elástico, o Alan diz. O Alan nunca entende quando estou brincando com ele. Tão pirado. O que eu faço quando encontrar a caixa?, pergunto. Pega

O drama que se desenrola diante de nossos olhos é o de um governante, George W. Bush (se Bush não passa de um peão nas mãos de outros, é irrelevante neste caso), cujo húbris está em negar a força da maldição sobre ele e das maldições em geral; que na verdade vai mais longe e afirma que não pode cometer um crime, uma vez que é ele quem faz as leis que definem o que é crime.

....

Sete anos. É um dos sócios fundadores.

E há quanto tempo você e ele estão casados?

Não somos casados. Achei que tinha contado isso. Não falamos muito disso. Quer dizer, as pessoas pensam o que quiserem — que nós somos casados, que não somos casados —, a gente deixa rolar.

....

o dinheiro, coloca a caixa de volta onde encontrou, ele diz. E aí?, eu digo. E aí, quando ele chamar a polícia? Tudo bem, espere até levarem o cara para o necrotério, aí você pega o dinheiro, diz o Alan, a caixa e o dinheiro, antes que cheguem os urubus. Que urubus?, pergunto. Os parentes, diz o Alan.

O Alan entendeu tudo errado, mas dou uma olhada nos armários assim mesmo, para ter certeza — os armários do banheiro, os armários da cozinha, todas as gavetas do quarto. Numa caixa de sapato solitária, um *kit* para engraxar sapato: escova com os pêlos caindo, graxa que ressecou há anos.

Ele deve ter um cofre, diz o Alan. Olhe atrás dos quadros nas paredes. Ou então está no banco, eu digo, onde gente normal guarda o dinheiro. Ele não é normal, diz o Alan. Claro que ele não é normal, não é sobrenatural de normal, eu digo, mas quanto de normal tem de ser para guardar dinheiro no banco? E que direito a gente tem de rou-

Nos ultrajes que ele e seus servidores praticam, notadamente o ultraje da tortura, e em sua hubrisina pretensão de estar acima da lei, o Bush mais moço desafia os deuses e, pela própria falta de vergonha desse desafio, garante que os deuses destinarão punições aos filhos e netos de sua casa.

....

Então vocês não planejam ter filhos.

....

bar o dinheiro dele afinal? Não é roubar, diz o Alan, não se ele tiver morrido. Se a gente não pegar, alguém vai pegar mesmo. Não é roubar se ele tiver morrido?, pergunto. Essa para mim é novidade. Não seja irritante, você entendeu o que eu quis dizer, diz o Alan.

O caso não é único, mesmo em nossos tempos. Jovens alemães protestam: *Não temos sangue em nossas mãos, então por que somos vistos como racistas e assassinos?* A resposta: *Porque vocês têm a má sorte de serem netos de seus avós; porque vocês herdaram uma maldição.*

A maldição passa a existir no momento em que o homem de poder faz uma pausa e diz a si mesmo: *Dizem as pessoas que se eu cometer este ato, eu e minha casa seremos amaldiçoados — devo seguir em frente?* E então responde a si mesmo: *Bah! não existem deuses, não existe essa coisa de maldição!*

O homem ímpio atrai maldição para seus descendentes; em troca, seus descendentes amaldiçoam seu nome.

Não. O Alan não quer filhos.

Posso fazer um comentário?, perguntei para ele ontem, quando levei o texto digitado. Seu inglês é até muito bom, mas a gente não fala rádio comunal, não faz sentido, a gente fala rádio interativa.

Até muito bom?, ele perguntou. Por que até?

Porque não é a sua língua materna.

Língua materna, ele disse. O que quer dizer isso, língua materna?

A língua que o senhor aprendeu no colo da sua mãe, eu disse.

Sei disso, ele falou. É a metáfora que você escolheu que estou questionando. Eu tenho de aprender uma língua no colo de uma mulher? Tenho de beber a língua do peito de uma mulher?

12. Da pedofilia

A atual histeria com atos sexuais com crianças — não apenas os atos em si, mas as representações fictícias deles na forma da chamada "pornografia infantil" — dá origem a algumas estranhas ilogicidades. Quando Stanley Kubrick filmou *Lolita*, trinta anos atrás, ele contornou o tabu — relativamente brando na época — usando uma atriz que era conhecida por não ser criança e que só com muita dificuldade pôde se disfarçar como uma. Mas no clima de hoje esse estratagema não funcionaria: o fato (o ficto-fato, a idéia) de que o personagem ficcional é uma criança é mais forte que o fato de que a imagem na tela não é a de uma criança. Quando a questão é sexo com menores de idade, a lei, com a opinião pública latindo atrás dela, simplesmente não tem disposição para distinções mais finas.

....

Existe um jeito inocente, puramente social, até rotineiro, de puxar o assunto filhos. No momento em que eu pronuncio a primeira palavra, a palavra *Então*, minha curiosidade não podia ser mais inocen-

....

Aceito a bronca, eu disse. Por favor, aceite as humildes desculpas desta pessoa indigna.

Ele me olhou duro. Onde eu falei de rádio comunal?, perguntou.

Apontei o lugar. Ele olhou, olhou de novo, riscou a palavra *comunal* e, na margem, a lápis, com dificuldade escreveu *interativa*. Pronto, ele disse, melhor assim?

Muito melhor, eu falei. Sua vista não é tão ruim assim.

Por que diabos esse clima presente se desenvolveu? Até as feministas entrarem na briga no finzinho do século XX, censores moralistas vinham sofrendo uma derrota atrás da outra e estavam na defensiva em toda parte. Mas na questão da pornografia, o feminismo, que sob outros aspectos é um movimento progressista, escolheu ir para a cama com os conservadores religiosos, e tudo virou confusão. De forma que hoje, se por um lado a mídia pública lidera impunemente a marcha para a exposição sexual cada vez mais grosseira, por outro o argumento esteticista de que a arte ultrapassa o tabu (a arte "transforma" seu material, purgando-o de sua feiúra) e, portanto, que o artista devia estar acima da lei, levou uma bela surra. Em algumas poucas áreas bem definidas o tabu emergiu triunfante: não só certas representações, principalmente de sexo com menores, são proscritas e ferozmente punidas, como a discussão da base do tabu é também malvista, quando não impedida.

te. Mas entre o *Então* e a segunda palavra, *vocês*, o diabo toma conta de mim, manda uma imagem dessa Anya numa noite suada de verão, convulsa nos braços de seu Alan ruivo, de ombros sardentos, abrindo o útero em alegria ao golfo de seus fluidos masculinos. Quando o dissílabo *vocês* acabou de ser enunciado, ela consegue ver, por uma espécie de transferência mágica, ou talvez simplesmente na imagem de minha retina, o que eu estou vendo. Se ficar vermelha fizesse parte do repertório dela, Anya teria ficado vermelha. Mas não faz. O senhor es-

Ele quase sempre usa um paletó de tweed cor de mostarda que podia ter saído de um filme inglês dos anos 1950 e que tem um cheiro ruim, como casca de limão velha. Quando ele me pede para ler por cima do ombro dele, eu dou alguma desculpa para não ir. Eu devia entrar no apartamento dele durante a noite, roubar o paletó e mandar lavar a seco. Ou queimar.

O radical ataque feminista à pornografia, liderado por pessoas como Catharine MacKinnon, tinha duas pontas. Primeiro, imagens de homens adultos fazendo sexo com crianças (quer dizer, ou com crianças interpretando crianças ou com atores de qualquer idade representando crianças) foram consideradas encorajadoras a violações na vida real de crianças da vida real. Segundo, induzir crianças ou mesmo mulheres a realizar atos sexuais diante da câmera foi considerado uma forma de exploração sexual (na indústria pornográfica como existe hoje, dizia o argumento, as mulheres trabalham sob uma inerente coação).

....

tá perguntando, diz ela, impassível, se estamos usando controle de natalidade? E dá o mais minúsculo dos sorrisos, como um sinal para mim. Estamos, diz ela, respondendo à própria pergunta, usamos controle de natalidade. Um tipo de.

Agora tenha a coragem de me perguntar, dizem os olhos dela — *tenha a coragem de me perguntar que tipo de controle de natalidade.*

....

Esse negócio que eu estou digitando — que tamanho vai ter?, perguntei.

Esse negócio que você está digitando, ele respondeu, na medida em que é um conjunto de opiniões, opiniões cotidianas, conta como uma miscelânea. Uma miscelânea não é igual a um romance, com começo, meio e fim. Não sei que tamanho vai ter. Do tamanho que os alemães quiserem.

Por que o senhor escreve esse negócio? Por que não escreve outro romance em vez disso? Não é nisso que o senhor é bom, em romances?

Um romance? Não. Não tenho mais resistência. Para escrever um romance precisa ser como Atlas, segurar o mundo inteiro nas costas e agüentar ali meses e anos enquanto os casos vão se resolvendo. É demais para mim no estado em que estou hoje.

Algumas picantes questões hipotéticas surgiram. Deveria ser proibida a publicação em forma impressa de uma história, declaradamente ficcional, na qual uma atriz de vinte anos adequadamente miúda desempenha para a câmera o papel de uma criança praticando sexo com um homem adulto? Se não, por que insistir na proibição de uma versão filmada da mesma história, que não é mais que uma transposição do signo convencional (verbal) para o signo natural (fotográfico)?

Que dizer da representação de crianças praticando sexo não com adultos, mas com outras crianças? A nova ortodoxia pareceria ser que aquilo que torna uma imagem culpada não é a idéia de sexo entre menores (muitos dos quais levam vidas sexuais ativas e até mesmo indiscriminadas) nem o fato do sexo, real ou simulado, entre atores menores, mas a presença de um olho adulto em algum lugar da cena, seja atrás da câmera, seja na platéia escurecida. Se um filme feito por menores usando atores menores envolvidos em atos sexuais e mostrado apenas a menores infringiria o tabu constitui uma questão interessante.

....

Um tipo de, digo eu. Hum... Não vou perguntar que tipo. Mas deixe eu dar um conselho amistoso: não deixe para muito tarde.

....

Mesmo assim, eu disse, todo mundo tem uma opinião, principalmente sobre política. Se o senhor contar uma história, pelo menos as pessoas vão calar a boca e escutar. Uma história ou uma piada.

As histórias se contam sozinhas, não são contadas, ele disse. Isso ao menos eu aprendi depois de uma vida inteira trabalhando com histórias. Nunca tente se impor. Espere a história falar por si só. Espere e cruze os dedos para ela não nascer surda, muda e cega. Eu conseguia fazer isso quando era mais moço. Conseguia esperar meses sem fim. Hoje eu fico cansado. Minha atenção flutua.

É de se presumir que não. Há não muito tempo, em um estado americano, um rapaz de dezessete anos foi mandado para a cadeia por ter feito sexo com sua namorada de quinze anos (ele foi denunciado à lei por seus pais).

Quanto a sexo entre professores e alunos, tão forte é hoje a onda de reprovação que pronunciar até a mais tênue palavra em sua defesa se transforma (exatamente) em algo como o combate a essa onda, seu tênue movimento inteiramente dominado por uma grande onda de água que o lança para trás. O que você enfrenta ao abrir a boca para falar não é o toque silenciador do censor, mas um decreto de exílio.

O senhor parece falar por experiência própria, diz ela. Nunca teve filhos?

Não, não tive, eu digo. Filhos são um presente do céu. Parece que não mereci esse presente.

Me dá pena ouvir isso, ela diz.

•

E eu, perguntei, eu também vou acabar aí no meio das suas opiniões? O senhor tem alguma opinião sobre secretárias que pretende repartir com o mundo?

Ele me olhou firme.

Porque se vai me usar, não esqueça, vai ficar me devendo um cachê de figuração.

Achei que era uma coisa bem esperta para uma mera Segretaria dizer. Depois, repeti para o Alan. Se ele usar você no livro dele, você pode processar, o Alan disse na hora. Ele nunca perde uma chance. Afiado feito faca. Processa ele e a editora também. Processa por *crimen injuria*. Ia feder nos jornais. Depois, a gente podia acertar por fora do tribunal.

13. Do corpo

Falamos do *cachorro com a pata machucada* e do *pombo de asa quebrada*. Mas o cachorro não pensa em si mesmo nesses termos, nem o pássaro. Para o cachorro, quando ele tenta andar, existe apenas *Sou dor*; para o pássaro, quando ele se lança em vôo, simplesmente *Não consigo*.

Conosco parece ser diferente. O fato de existirem expressões tão comuns quanto "minha perna", "meu olho", "meu cérebro" e mesmo "meu corpo" sugere que acreditamos que exista alguma entidade não material, talvez irreal, que mantém uma relação de possuidor a possuído no que se refere às "partes" do corpo e mesmo quanto ao corpo todo. Ou então a existência dessas expressões mostra que a linguagem não encontra um ponto de apoio, não consegue se desenvolver enquanto não tiver fracionado a unidade da experiência.

....

Na noite passada tive um sonho ruim, que depois anotei, sobre morrer e ser conduzido ao portal do esquecimento por uma mulher jovem. O que eu não anotei foi a pergunta que me ocorreu no ato de escrever: *Essa é ela?* Essa jovem que se recusa a me chamar pelo meu

....

Por que eu ia querer processar?

Acorde. Ele não pode simplesmente fazer o que quiser com você. Não pode pegar você, ter fantasias obscenas com você, depois vender ao público para ter lucro. Além disso, ele não pode pegar suas palavras e publicar sem permissão. Isso é plágio. É pior que plágio. Você tem uma identidade, que pertence apenas a você. É o seu bem mais precioso, de um certo ponto de vista, que você tem o direito de proteger. Com firmeza.

Todas as partes do corpo não estão catexizadas no mesmo grau. Se um tumor fosse extraído de meu corpo e mostrado para mim numa bandeja cirúrgica como "seu tumor", eu sentiria repulsa por um objeto que é, em certo sentido, "de" mim, mas que eu repudio, e de cuja eliminação até mesmo me alegro; enquanto se uma de minhas mãos fosse cortada fora e mostrada para mim, eu sem dúvida sentiria a mais aguda dor.

Sobre cabelo, unhas cortadas e outros que tais não há sentimentos, uma vez que essas perdas pertencem a um ciclo de renovação.

Dentes são mais misteriosos. Os dentes de "minha" boca são "meus" dentes, partes de "mim", mas minha sensação deles é menos íntima do que meus sentimentos por, digamos, meus lábios. Meus dentes me dão a sensação de serem nem mais nem menos "meus" do que as próteses de metal ou porcelana em minha boca, obras de dentistas cujos nomes esqueci. Eu me sinto mais dono ou tutor de meus dentes do que sinto que meus dentes sejam parte de mim. Se um dente estragado tivesse de ser extraído e me fosse mostrado, eu não sentiria grande pena, embora meu corpo ("eu") nunca vá regenerá-lo.

....

nome, me chamando de *Señor* ou talvez *Sênior*, ela é que foi designada para me conduzir à minha morte? Se assim for, que estranha

....

Não seja bobo, Alan. Ele não vai me dar as fantasias dele para digitar, se é comigo que ele está tendo fantasias.

Por que não? Vai ver é assim que ele se excita: fazendo uma mulher ler as fantasias dele com ela. Faz sentido, de um jeito invertido. É um jeito de exercer poder sobre uma mulher que você não pode comer.

Esses pensamentos sobre o corpo não ocorrem no abstrato, mas em relação a uma pessoa específica, X, sem nome. Na manhã do dia em que morreu, X escovou os dentes, cuidando deles com a devida diligência que aprendemos em criança. De suas abluções, ele emergiu para enfrentar o dia, e, antes que o dia terminasse, estava morto. Seu espírito partiu, deixando para trás um corpo que não servia para nada; pior do que não servir para nada, porque logo começaria a se deteriorar e a se transformar em uma ameaça à saúde pública. Parte desse corpo morto era o conjunto completo de dentes que ele escovou de manhã, dentes que também morreram no sentido de que o sangue cessou de correr por suas raízes, ainda que eles, paradoxalmente, tenham deixado de entrar em decomposição à medida que o corpo esfriava e que suas bactérias orais também esfriavam e se extinguiam.

Se X tivesse sido enterrado na terra, as partes de "seu" corpo que viveram mais intensamente, que eram mais "ele", teriam apodrecido, enquanto "seus" dentes, que ele podia sentir como coisas apenas sob seus cuidados ou custódia, teriam sobrevivido. Mas é claro que X não foi enterrado, e sim cremado; e as pessoas que construíram o forno em que ele foi consumido certificaram-se de que estivesse quente o bastante para transformar tudo em cinzas, mesmo os ossos, mesmo os dentes. Mesmo os dentes.

---

mensageira, e que inadequada! No entanto, talvez esteja na natureza da morte que tudo a seu respeito, até o último detalhe, nos pareça inadequado.

Ah, vá, Alan! Você quer que eu vista um uniforme de colégio de freiras e apareça no julgamento como um tipo virginal que fica vermelha quando algum homem pensa nela? Vou fazer trinta anos em março. Tem uma porção de homens pensando em mim.

14. Da matança de animais

Para a maioria de nós, ao assistir programas de culinária na televisão, aquilo que vemos parece perfeitamente normal: utensílios de cozinha de um lado, alimentos crus de outro, em vias de ser transformados em comida cozida. Mas para alguém que não tem o hábito de comer carne, o espetáculo deve ser altamente antinatural. Pois entre os frutos e os vegetais, entre os óleos, ervas e temperos, jazem pedaços de carne cortados poucos dias antes do corpo de alguma criatura morta de forma intencional e com violência. A carne animal tem exatamente a mesma aparência da carne humana (por que não teria?). Portanto, para o olho não acostumado à cozinha carnívora, não é automática ("natural") a inferência de que a carne exposta foi cortada de uma carcaça (animal) e não de um corpo (humano).

Um espectro do passado. Na estrada perto de Nowra, meio escondida no mato, o corpo de uma raposa, uma fêmea, os olhos arrancados por pássaros, a pelagem fosca, achatada pela chuva da noite. *Que inadequado*, aquela raposinha diria.

Não tem nada a ver com idade. Por que, a gente pode dizer no tribunal, ele iria pagar três vezes mais que o preço normal de uma digitadora? Resposta: porque o que ele está escrevendo sobre você é humilhante e a finalidade do trabalho é fazer você aceitar e endossar a própria humilhação. O que basicamente é verdade. Ele convida você para ir ao apartamento dele para ouvir conversa suja, depois tem fantasias de que está fazendo coisas com você, depois quando você ouve as fantasias dele gravadas em fita e copia palavra por palavra, ele paga

É importante que nem todo mundo perca essa maneira de ver a cozinha — vê-la com aquilo que Viktor Shklovsky chamaria de um olhar estranhado, como um local onde, depois dos assassinatos, os corpos dos mortos são trazidos para ser preparados (disfarçados) antes de serem devorados (raramente comemos carne crua; na verdade, carne crua é perigosa para a saúde).

Algumas noites atrás, na televisão nacional, entre os programas de culinária, foi transmitido um documentário sobre o que acontece em um abatedouro de Port Said, onde o gado exportado da Austrália para o Egito encontra seu fim. Um repórter com uma câmera escondida na mochila filmou cenas que mostravam o momento em que se cortavam os tendões de suas patas traseiras para torná-los mais fáceis de controlar. Além disso, ele afirmava possuir outras cenas, terríveis demais para serem transmitidas, de um animal recebendo uma facada no olho, e a faca cravada na órbita do olho usada para virar a cabeça de modo a apresentar o pescoço à faca do açougueiro.

O supervisor veterinário do abatedouro foi entrevistado. Sem saber que estava sendo filmado com uma câmera oculta, ele negou que qualquer coisa inadequada ocorresse ali. Seu abatedouro era um estabelecimento-modelo, disse.

Se tivessem me dito que a última de minhas paixões seria uma garota de maneiras provocantes e ligações com um gatil (*um gatil — o senhor sabe, uma moradia para gatos*), eu pensaria que estava desti-

---

você como pagaria uma puta. É pior que *crimen injuria*. É abuso, abuso psicológico e sexual. A gente pode pegar ele por isso.

Você está louco, Alan. Eu não estou no livro dele. É sobre política. É sobre John Howard e George Bush. É sobre samurais com a bunda de fora. Não tem sexo.

Atrocidades como a do estabelecimento de Port Said e as do comércio exportador de seres vivos em geral vêm, há algum tempo, preocupando os australianos. Exportadores de gado chegaram a doar ao abatedouro um leito de execução, uma enorme mecanismo que prende o animal entre barras, depois levanta e faz uma rotação em seu corpo para facilitar o golpe de morte. O leito de execução não entrou em uso. Os abatedores acham que dá muito trabalho, disse o veterinário.

É demais esperar que um único programa de televisão de quinze minutos possa ter efeito duradouro na conduta do comércio de gado. Seria ridículo esperar que calejados abatedores egípcios selecionem o gado da Austrália para um tratamento especial, mais delicado, durante sua última hora na terra. E, de fato, o senso comum está do lado desses trabalhadores. Se um animal vai ter a garganta cortada, que diferença faz que seus tendões das patas também sejam cortados? A idéia de execução

nado a sofrer uma daquelas mortes ridicularizadas em que o cliente de uma casa de má fama tem um enfarte *in media res* e seu corpo precisa ser vestido às pressas, levado para fora às escondidas e abandona-

Como você sabe? Vai ver que o sexo está em passagens que ele esconde de você. Quem sabe se você não vai estar na parte de amanhã? Você não pode ter certeza. Por que acha que ele escolheu você, quando podia ter chamado uma datilógrafa profissional, alguma megera de sapatão e verruga no queixo? Ele pediu para ver uma amostra do seu trabalho? Não. Ele pediu referências? Não. Ele pediu para você mostrar os peitos para ele? Não sei. Talvez tenha pedido e você não quer me contar. Ele escolheu você e mais ninguém porque ele tem

compassiva está crivada de absurdos. O que querem os bem-intencionados que promovem campanhas é que o animal chegue diante do executor num estado de calma e que a morte o leve antes que ele se dê conta do que está acontecendo. Mas como um animal pode estar em estado de calma depois de ser descarregado a cutucões de um navio para a carroceria de um caminhão e levado em seguida por ruas movimentadas a um lugar estranho que recende a sangue e morte? O animal está confuso, desesperado e é, sem dúvida, difícil de controlar. Por isso seus tendões são cortados.

....

do num beco. Mas não, se meu novo sonho merece crédito, não será assim. Vou expirar em minha própria cama e ser encontrado por minha datilógrafa, que fechará meus olhos e pegará o telefone para fazer o seu relato.

•

....

tesão por você, Anya. Porque ele tem sonhos sacanas com você chupando o pau sujo e velho dele e depois o chicoteando com um relho. E o que significa isso tudo? Propaganda enganosa. Convites ilícitos. Assédio sexual. A gente vai pegar esse cara!

Aí eu já estava dando risada. Adoro essa energia louca do Alan. Boa ou ruim, gente como ele é que faz o mundo girar. Venha comigo, míster, eu falei, venha e me mostre um pouco de assédio sexual de verdade. E a gente caiu na cama. Fecha o pano.

•

15. Da gripe aviária

Aparentemente, certos vírus, em especial o vírus que provoca a gripe aviária, são capazes de migrar da espécie que normalmente os hospeda para os seres humanos. A pandemia de 1918 parece ter sido obra de um vírus aviário.

Se podemos falar significativamente que os vírus possuem ou são possuídos por um impulso ou instinto, esse instinto é o de se replicar e multiplicar. Ao se multiplicarem, eles ocupam mais e mais organismos hospedeiros. Dificilmente é sua intenção (por assim dizer) matar seus hospedeiros. O que eles gostariam, mais que isso, é de uma população de hospedeiros cada vez maior. Em última análise, o que um vírus quer é dominar o mundo, isto é, passar a residir em todos os corpos de sangue quente. A morte de qualquer indivíduo hospedeiro, portanto, é uma forma de dano colateral, um engano ou um erro de cálculo.

O que eu não avaliei quando ofereci o trabalho a Anya foi que, sendo os seus dias mais ou menos vazios, o trabalho é para ela um verdadeiro alívio do tédio. Seus dias são vazios porque ela não está fazendo nada para encontrar um emprego, em hospitalidade ou recursos

---

Se o senhor não sabe mesmo sobre o que escrever, eu disse para o Señor C, por que não escreve memórias da sua vida amorosa? Isso é o que as pessoas mais gostam — fofoca, sexo, romance, todos os detalhes picantes. O senhor deve ter tido muitas mulheres na sua época.

O método usado pelo vírus para atravessar de uma espécie para outra, o método de mutação randômica — experimente tudo, veja o que funciona —, não pode ser considerado fruto de planejamento racional. O vírus individual não possui um cérebro e portanto *a fortiori* não possui uma mente. Mas se quisermos ser resolutamente materialistas, podemos dizer que o ato de pensar (o pensar racional) praticado por seres humanos quando tentam encontrar meios de aniquilar o vírus ou negar a ele um lar na população humana também é um processo de experimentar opções bioquímicas, neurológicas, sob o comando de algum programa neurológico máster chamado processo racional, para ver qual funciona. Para um materialista radical, a pers-

---

humanos, ou em qualquer outra coisa. Quanto a mr. A, parece que a ele bastaria acordar de manhã com sua garota ao lado na cama, e que a mesma garota estivesse à porta para lhe dar as boas-vindas em casa à noite, com um drinque na mão.

O que Anya mais faz para preencher as horas mortas é ir às compras. Por volta das onze da manhã, três ou quatro vezes por semana, ela entrega a digitação que fez. Entre, tome uma xícara de café, eu sugiro. Ela sacode a cabeça. Tenho de ir fazer compras, diz. É mesmo? O que mais você pode precisar comprar?, pergunto. Ela dá um sorriso misterioso. Coisas, diz ela.

Com isso ele se animou. Os homens gostam que digam que eles têm um passado escandaloso.

Gostaria de seguir seu conselho, minha querida Anya, ele disse. Mas, ai, ai, é uma coleção de opiniões que eu fui contratado para fazer, não memórias. Uma reação ao presente em que me encontro.

pectiva mais ampla é, assim, a de duas formas de vida pensando na outra à sua maneira — os seres humanos pensando nas ameaças virais à maneira humana e os vírus pensando em futuros hospedeiros à maneira viral. Os protagonistas estão envolvidos num jogo estratégico, um jogo que parece xadrez no sentido de que um lado ataca, criando pressão em busca de um avanço, enquanto o outro defende e procura pontos fracos para contra-atacar.

O que é perturbador na metáfora da relação entre seres humanos e vírus como um jogo de xadrez é que os vírus sempre jogam com as peças brancas e nós, seres humanos, com as pretas. Os vírus fazem seu movimento e nós reagimos.

....

Por coisas ela quer dizer roupas. Descobri isso em minha primeira visita à cobertura deles, quando, sem que eu pedisse, ela me levou a uma expedição que compreendia seu *closet*. Fazia muito tempo que eu não via um quarto de vestir tão equipado. Prateleiras e prateleiras de coisas, suficientes para encher um gatil de tamanho médio. Não tem uma coleção de sapatos também?, perguntei. Ela riu. Acha que sou igual à Imelda?, disse ela. E abriu o armário de sapatos. Havia no mínimo quarenta pares de sapatos.

....

Mesmo assim, eu disse, sempre dá para encaixar o passado. Não vai me dizer que o senhor não tem lembranças, se sentar na sua mesa e deixar a cabeça voar. Conte umas histórias e vai passar uma coisa mais humana, mais carne e sangue. O senhor não liga de eu dar a minha opinião, não é? Porque a pessoa que digita não é só uma máquina de escrever.

Duas pessoas que se envolvem num jogo de xadrez concordam implicitamente em jogar de acordo com as regras. Mas no jogo de jogarmos contra os vírus não existe nenhuma convenção de base como essa. Não deixa de ser concebível que um dia um vírus faça o equivalente a um salto conceitual e, em vez de jogar o jogo, comece a jogar o jogo de jogar o jogo, ou seja, comece a reformar as regras para se adequar a seus desejos. Por exemplo, ele pode escolher descartar a regra de que um jogador deve fazer apenas um movimento por vez. Como pode ser isso na prática? Em vez de se esforçar, como no passado, para desenvolver uma única cepa capaz de superar as resistências do corpo do hospedeiro, o vírus pode ter sucesso em desenvolver toda uma classe de cepas simultaneamente, o que seria comparável a fazer uma variedade de movimentos de xadrez ao mesmo tempo em todo o tabuleiro.

....

Ela gosta de se apresentar como filipina, uma pequena trabalhadora provisória filipina. Na verdade, ela nunca viveu nas Filipinas. Seu pai era um diplomata australiano que se casou com uma mulher que ele conheceu num coquetel em Manila, esposa prestes a se divorciar

....

O que é a pessoa que digita, então, ele disse, senão uma máquina de escrever?

Não falou de um jeito agressivo. Parecia uma pergunta de verdade, como se ele realmente quisesse saber.

A pessoa que digita é um ser humano, homem ou mulher, conforme o caso, eu falei. No meu caso, uma mulher. Ou prefere não pensar em mim desse jeito?

Claro que ele pensava em mim desse jeito. Ele tinha de ser feito de pedra para não pensar, é, com o meu cheiro e os meus peitos na cara dele. Coitado do velho! O que ele podia dizer? O que podia fa-

Nós partimos do princípio de que, à medida que se aplique com tenacidade, a razão humana haverá de triunfar (está fadada a triunfar) sobre outras formas de atividade intencional porque a razão humana é a única forma de razão existente, a única chave que pode abrir os códigos que fazem o universo funcionar. A razão humana, dizemos, é razão universal. Mas e se existirem modos de "pensar" igualmente poderosos, isto é, processos biomecânicos igualmente eficientes para chegar aonde seus impulsos e desejos os incitam? E se a disputa para ver nos termos de quem a vida de sangue quente continuará neste planeta não comprovar a razão humana como vencedora? Os sucessos

---

de um incorporador de propriedades. Até seu pai fugir com a secretária e abrir um restaurante em Cassis (grande escândalo), Anya freqüentou escolas internacionais por toda parte (Washington, Cairo, Greno-

---

zer? Desprotegido feito um bebê. *O que você é senão uma máquina de escrever?* Que pergunta! *E o senhor? Que tipo de máquina o senhor é? Uma máquina de fabricar opiniões, igual a uma máquina de macarrão?*

Sério mesmo, posso dizer o que eu penso das suas opiniões?, eu falei. Sinceramente? Seja o que for?

É, me conte o que pensa.

O.k. Pode parecer cruel, mas não é minha intenção. Tem um tom — não sei qual a melhor palavra para descrever —, um tom que realmente desanima as pessoas. Um tom de sabe-tudo. É tudo curto e seco: *Sou eu que tenho todas as respostas, é assim que é, não discuta,*

recentes da razão humana em sua longa disputa com o pensamento viral não devem nos iludir, porque ela está se mantendo vencedora por um mero instante no tempo evolucionário. E se a maré virar? E se a lição contida nessa virada da maré for que a razão humana encontrou seu igual?

....

ble). Os benefícios que recebeu dessa escolaridade internacional não são claros. Ela fala francês com um sotaque que os franceses provavelmente acham charmoso, mas nunca ouviu falar de Voltaire. Ela acha que Kyoto é Tokyo digitado errado.

....

não vai adiantar nada. Eu sei que o senhor não é assim na vida real, mas é assim que passa e não é o que o senhor quer. Queria que o senhor cortasse isso. Se quer mesmo escrever sobre o mundo e como vê o mundo, queria que encontrasse um jeito melhor.

É só isso?

Não, quero falar outra coisa, mas é outro assunto.

Então, posso primeiro dizer uma palavra em minha defesa?

Vá em frente.

16. Da competição

Um.

No atletismo, em corridas a pé, acontecia antigamente de o juiz declarar um empate quando, na linha de chegada, ele não conseguia dizer quem havia vencido. O juiz, nesse caso, era um homem comum — um homem comum com um olho mais aguçado. Quando, numa competição atlética, o mais aguçado dos olhos comuns não consegue perceber a diferença, então, costumamos dizer, é porque não há diferença.

....

Alan deve ganhar muito dinheiro, digo eu, para financiar todas essas suas compras. Ela dá de ombros. Ele gosta que eu esteja bonita,

....

Estamos numa idade das trevas. Você não pode esperar que eu escreva de um jeito leve. Não se o que eu quero dizer é de coração.

Não posso? Não vejo por que as trevas da nossa época obrigam o senhor a subir num caixote e fazer um sermão. E por que a época é tão de trevas assim? Não acho que seja uma idade das trevas. Acho que é uma época muito boa. Então, fica combinado que nós dois temos sentimentos diferentes sobre isso. Agora posso dizer uma coisa sobre terrorismo? Quando o senhor escreve sobre os terroristas, eu penso, sinceramente, que o senhor está meio nas nuvens. Meio idealista. Não muito realista. O que eu acho é que o senhor nunca na vida esteve cara a cara com um fundamentalista muçulmano. Fale, me diga que estou errada. Não? Bom, eu já estive e vou te contar uma coisa, eles não

De forma similar, num jogo como o críquete costumava haver o entendimento de que quando o árbitro dizia que alguma coisa havia acontecido — a bola havia tocado o bastão, por exemplo —, então, para os propósitos do jogo, aquilo havia de fato acontecido. Esses entendimentos estavam de acordo com o caráter um tanto fictício atribuído às competições esportivas: esporte não é vida; o que "realmente" acontece no esporte não importa realmente; o que, sim, importa é o que concordamos que acontece.

Hoje, porém, o resultado das competições é decidido por aparelhos mais aguçados que o olho humano: câmeras eletrônicas dividem cada segundo em centenas de instantes e gravam cada um desses instantes como uma imagem congelada.

....

diz. Gosta de me exibir. Ele não liga de você estar trabalhando para mim?, pergunto. Não é um trabalho comum, ela responde. Se fosse

....

são como eu e o senhor. Escute o que eu estou dizendo. Tenho um tio, irmão da minha mãe, que tem uma madeireira em Mindanao. Os muçulmanos de Mindanao fizeram uma campanha contra a madeireira, disseram que queriam que fechasse as portas, que a madeireira estava roubando os recursos deles, os recursos da ilha. Meu tio recusou. Ele não estava roubando nada, ele disse, tinha o documento legalizado. Então, uma noite, os muçulmanos chegaram à força. Deram um tiro no gerente da madeireira na frente da mulher e do filho, botaram fogo na serraria e ficaram olhando enquanto queimava. Em nome de Alá. Em nome do Profeta. Isso é Mindanao. É a mesma coisa em Bali, a mesma coisa na Malásia, a mesma coisa em todo lugar on-

A entrega do poder de decisão a máquinas demonstra até que ponto foram reconcebidas as competições esportivas, cujo modelo costumava ser a brincadeira de crianças — os competidores *brincavam* de rivais — e cujo *modus operandi* costumava ser o consenso. O que costumava ser jogo, brincadeira, agora virou trabalho, e as decisões sobre quem vence e quem perde se tornaram potencialmente importantes demais — quer dizer, dispendiosas demais — para serem deixadas a cargo do falível olho humano.

....

um trabalho comum, ele diria que era um desperdício de recursos. Mas digitar para um escritor célebre é diferente. Ela enxuga a testa de um jeito ostensivo. Está fazendo calor, diz. Vou trocar de roupa. Com

....

de os fundamentalistas botam o pé. O senhor viu o que eles fizeram em Bali.

Está desperdiçando a sua piedade com os fundamentalistas, míster C. Eles desprezam a sua piedade. Eles não são como o senhor. Não acreditam em conversa, em discussão. Eles não querem ser inteligentes. Eles desprezam a inteligência. Eles preferem ser burros, deliberadamente burros. Pode discutir com eles o quanto quiser, não faz efeito nenhum. Eles já resolveram. Eles sabem o que sabem, não precisam saber mais nada. E não têm medo. Não se importam de morrer, se isso ajuda a apressar o dia do acerto de contas.

O dia do acerto de contas?

O dia da batalha que acaba com todas as batalhas, quando os infiéis forem derrotados e o islã dominar o mundo.

Acho que você está confundindo os muçulmanos com os cristãos. São os fundamentalistas cristãos que esperam a batalha que encerrará

O pioneirismo dessa virada anti-social, anti-humana, aconteceu na corrida de cavalos, que, apesar de ser conhecida como o esporte dos reis, sempre ocupou uma posição questionável na galeria dos esportes, tanto porque os competidores não eram seres humanos como porque as corridas eram descaradamente um veículo para apostas. Em termos bem simples, decidir o resultado de uma corrida de cavalos ficou a cargo da câmera porque havia muito dinheiro em jogo no resultado.

O abandono da velha maneira "natural" de arbitrar no esporte em favor de meios mecânicos novos se assemelha a um desenvolvimento histórico de larga escala: o da competição esportiva como recreação para jovens saudáveis do sexo masculino (e, em menor medida, feminino), que o público com tempo para gastar podia, se sentisse vontade, assistir de graça, para o esporte como entretenimento, produzido para massas de espectadores pagantes por empresários que empregam competidores profissionais. Nesse caso, o boxe profissional forneceu o modelo, e, muito antes do boxe, as disputas dos gladiadores.

....

licença. E me enxotou do *closet*, mas deixou a porta aberta de forma que, se eu me virasse (mas não virei), teria visto quando despiu os jeans e vestiu aquela mesma roupa de casa vermelho-tomate com que apareceu a primeira vez para mim.

....

todas as batalhas. Chamam de Armagedom. Eles esperam o Armagedom e a instalação do reino universal do Deus cristão. Por isso não ligam de entrar em guerras. Por isso são tão indiferentes ao futuro do planeta. Este não é o nosso lar, eles dizem a si mesmos: o céu é o nosso lar.

Para a geração que cresceu sob o novo regime, lamentar o que se perdeu é tão desinteressante quanto lamentar o fim da raquete de tênis de moldura de madeira. Então os lamurientos devem calar a boca? A resposta óbvia é "sim". Existe alguma razão para que a resposta seja "não"?

No esporte, mesmo no esporte moderno, o que buscamos é competições entre iguais. Uma competição cujo resultado é uma conclusão previamente estabelecida não nos interessa, a não ser talvez quando o desempenho do competidor mais fraco é tão valente que conquista nossa admiração. Pois enfrentar com bravura um rival mais forte é, evidentemente, uma das lições para cujo ensino o esporte, enquanto instituição cultural, foi inventado.

....

Este apartamento fica tão quente no verão, disse ela, quando voltou para junto de mim. É por causa da altura. Não quer trocar de apartamento, só no verão? Aposto que lá embaixo é mais fresco.

....

Bom, lá vem o senhor virando tudo para política de novo. Eu tento contar como é um fundamentalista na vida real e o senhor transforma isso numa luta de boxe, sua opinião *versus* a minha opinião, muçulmanos *versus* cristãos. Foi o que eu disse, fica logo cansativo. Mas o senhor deve gostar de boxe — o senhor e os terroristas. Eu não. Boxe me deixa fria.

Então vamos mudar de assunto. Se boxe deixa você fria, e política deixa ainda mais fria, o que deixa você quente?

Aha, eu pensei comigo, *é nisso que o senhor está interessado, não é? — no que me deixa quente!* Gosto de uma boa história, eu disse, controlada. Já falei. Uma história com interesse humano, que se relacione comigo. Não tem nada de errado nisso.

•

O confronto entre uma visão nostálgica, passadista do esporte e a visão que hoje predomina pode ter um valor cultural análogo. Quer dizer, o argumento de que o passado era melhor que o presente não pode ser vencido, mas pode ao menos ser exposto com valentia.

•

Ela diz coisas tolas assim (claro que não está realmente propondo uma troca de apartamentos) sem a menor vergonha. Vou mostrar para o senhor meu álbum de fotografias, ela propôs outro dia. Não levei o convite adiante. Não tenho nenhuma vontade de ver a garota-criança adorada, mimada, provavelmente vaidosa que ela deve ter sido.

O Alan e eu conversamos sobre ele outra vez ontem à noite. Ele me contou um sonho dele, eu disse para o Alan. Era muito triste, ele morria e o fantasma dele ficava para trás, não queria ir embora. Eu falei que ele devia escrever antes de esquecer e pôr no livro dele. Não, ele disse, não podia fazer isso: teria de ser uma opinião para poder entrar no livro e um sonho não é uma opinião. Então o senhor devia achar algum lugar onde encaixasse, eu disse para ele (disse para Alan). É um sonho bom, um sonho de alta qualidade com começo, meio e fim. Meus sonhos nunca fazem sentido. E por falar nisso (perguntei ao Alan), quem é Eurídice? Ela estava no sonho.

Orfeu e Eurídice, disse Alan, famosos amantes. Orfeu era o homem, Eurídice a mulher que se transformou numa estátua de sal.

Dois.

Como o alimento é abundante na Austrália e o clima ameno, por que os australianos precisam ser estimulados — por um governo que acaba de aprovar novas leis que facilitam aos empregadores despedir empregados — a trabalhar mais duro por períodos mais longos? A resposta que nos dão é que na nova economia globalizada teremos de trabalhar mais duro para *ficar à frente* ou, de fato, até mesmo para *acompanhar*. Os chineses trabalham períodos mais longos por pagamento menor que o dos australianos, nos dizem, e vivem vidas mais modestas e apertadas. Assim, a China é capaz de manufaturar bens mais baratos que a Austrália. A menos que os australianos trabalhem mais duro, eles *ficarão para trás* e se transformarão em *perdedores* na grande corrida global.

Este ano, o ano em que, como um cometa, o caminho dela cruza com o meu, marca o seu apogeu. Mais uma década e o corpo dela vai co-

---

Estou começando a sentir pena dele, eu disse. Ele não tem ninguém, fica sentado no apartamento o dia inteiro, ou no parque, conversando com os passarinhos.

Bom, disse o Alan, tem sempre uma garrafa para consolar quando ele fica sozinho demais.

O que você quer dizer com isso, tem sempre uma garrafa?

Você não me contou que ele bebe em segredo? De qualquer forma, não sinta muita pena dele. Nem todo mundo consegue ganhar a vida transformando as próprias opiniões em dinheiro. Pensando bem, é engenhoso, como um jeito de atuar em duas dimensões ao mesmo tempo.

Por trás dessa censura à vida ociosa (*otium*: tempo de lazer que pode ou não ser usado para o progresso pessoal) e da justificação de negócios incessantes, estão premissas que nem precisam mais ser articuladas, de tão auto-evidentes: que cada pessoa na terra tem de pertencer a uma ou outra nação e operar dentro de uma ou outra economia nacional; que essas economias nacionais estão em competição umas com as outras.

---

meçar a engrossar, os traços a perder a delicadeza; ela vai virar apenas mais uma mulher ociosa, supervestida, que precisa aceitar o fato de que os homens não viram mais a cabeça para olhar para ela na rua.

As duas dimensões, a dimensão individual e a dimensão econômica — é assim que o Alan vê o mundo, a dimensão individual não é da conta de ninguém, a não ser de você mesmo, e a dimensão econômica é o quadro mais amplo. Eu acho que concordo, faz bastante sentido, mas questiono mesmo assim que isso seja tudo o que existe, e o Alan responde de volta, isso para ele ver que a mulher pela qual ele largou a esposa não é uma boneca que por acaso tem um corpo bom, e, sim, alguém com idéias próprias, alguém com fogo, como ele fala (mas não tanto quanto meu amo e senhor, eu sempre respondo).

Aí eu digo: mas será que o Señor C é mesmo uma tamanha fraude? Nós todos não temos opiniões que a gente quer expandir para o mundo real? Por exemplo, eu tenho opiniões sobre cor e estilo, sobre o quê combina com o quê. Então, quando vou na loja de sapatos, eu compro um sapato que, na minha opinião, combina com o vestido que eu comprei ontem. O resultado dessa opinião é que a loja de sapatos ganha dinheiro, a fábrica que faz sapato ganha dinheiro, o importador que importou, e assim por diante. Qual diferença com o Señor C? O

A imagem da atividade econômica como uma corrida ou competição é um tanto vaga em seus detalhes, mas, ao que parece, enquanto corrida, não tem linha de chegada e, portanto, nenhum fim natural. O único objetivo do corredor é chegar à frente e se manter à frente. Nem se levanta a questão de por que a vida deve ser igualada a uma corrida ou por que as economias nacionais precisam correr uma contra a outra em vez de seguirem num camarada *jogging* conjunto, pelo bem da saúde. Uma corrida, uma competição: é assim que as coisas são. Por natureza, pertencemos a nações separadas; por natureza, as nações estão em competição com outras nações. Somos como a natureza

---

O Alan e eu estamos juntos há três anos, ela diz. Antes do Alan eu estava com outro, um francês. Ele e eu ficamos noivos. O nome dele era Luc. Lucky Luc. De Lyon. Estava aqui trabalhando na indús-

---

Señor C tem um sonho com a morte e acorda perturbado, se perguntando se não tem alguma coisa errada com ele. Aí, ele vai ao médico fazer um check-up. O médico ganha dinheiro, a recepcionista, o laboratório que faz o exame de sangue, etecétera, e tudo resultado de um sonho. Então, qual é a dimensão econômica, no fim das contas, senão a soma total das extensões das nossas dimensões individuais, dos nossos sonhos, opiniões e assim por diante?

nos fez. O mundo é uma selva (as metáforas proliferam) e na selva todas as espécies estão em competição com todas as outras espécies em busca de espaço e sustento.

A verdade sobre a selva é que entre as nações (as espécies) da selva típica não existem mais vencedores ou perdedores: os perdedores se extinguiram eras atrás. Uma selva é um ecossistema onde as espécies sobreviventes atingiram uma simbiose umas com as outras. Essa aquisição de uma estabilidade dinâmica é o que significa ser um ecossistema.

....

tria de vinhos. Ele contou para a mãe os nossos planos de casamento, mandou para ela uma foto de nós dois juntos, Luc e Anya. Ela teve

....

Boa pergunta, o Alan responde. Só que você esquece de uma coisa: que sonho com sapato não dá para estender para a dimensão econômica se você não tiver dinheiro para comprar sapato. A mesma coisa com sonho de ansiedade: ansiedade não entra na dimensão econômica se você não consegue fazer alguma coisa com a sua ansiedade porque não tem dinheiro. Mas tem um outro aspecto geral que você não percebe (o Alan adora quando pode dizer *Você não percebe* ou *O que você não está entendendo*, e às vezes acho gostoso também ver a excitação dele). O dado tem de começar a vida na dimensão individual, certo?, antes de poder migrar para a econômica. Mas aí acontece alguma coisa. Quando se chega numa massa crítica de dados, quantidade vira qualidade. Então o econômico não só se iguala com o individual, mas vai além dele.

Mas mesmo deixando de lado a tola analogia com a selva, empurra-se à força a afirmação de que o mundo tem de ser dividido em economias concorrentes porque essa é a natureza do mundo. Se temos economias concorrentes é porque decidimos que é assim que queremos que o mundo seja. A competição é uma sublimação da guerra. Não há nada de inelutável na guerra. Se quisermos guerra, podemos escolher guerra, se quisermos paz, podemos igualmente escolher paz. Se quisermos competição, podemos escolher competição; como alternativa, podemos escolher o caminho da colaboração amigável.

....

um ataque. Disse que não ia admitir duas cambojanas na família. O irmão mais velho do Luc já era casado com uma garota do Camboja, uma comissária de bordo. Eu falei para o Luc diga para a sua mãe que

....

Mesmo assim, eu digo, fazendo minha cara de coitadinha, recuando, me preparando para aceitar a derrota (aprendi faz tempo que não vale a pena entrar numa discussão com o Alan e ganhar), tenho pena do velho (coisa que Alan entende como se eu dissesse *Como mulher reclamo o meu direito natural de ter coração mole*). Tudo bem, diz o Alan, contanto que você não se deixe levar pelos sentimentos. *Tudo bem* quer dizer *Eu entendo, sei que você não consegue evitar, nem gostaria que você fosse diferente, isso faz parte do seu encanto feminino.*

O que as pessoas que insistem na analogia da selva querem realmente dizer, mas não dizem porque soa pessimista demais, fatalista demais, é: *homo homini lupus*. Não podemos operar em colaboração porque a natureza humana — sem contar a natureza do mundo — é decaída, corrupta, predadora. (As pobres feras ultrajadas! O lobo não é predador de outros lobos: *lupus lupo lupus* seria uma calúnia.)

....

eu não sou cambojana e aproveite para dizer para ela ir para o inferno. E você pode ir para o inferno também. E foi isso. Fim do Luc.

Você tem um temperamento e tanto, eu disse. Ela tomou isso por um elogio.

....

A gente discute muito, o Alan e eu, só que na cama a gente combina como uma casa pegando fogo. A gente podia virar amantes famosos algum dia. Uma boa discussão mantém a cabeça ligada, o Alan diz. Eu aprendo muito com ele também. Ele está sempre lendo, sempre indo a seminários e apresentações do pensamento mais moderno. Ele lê *The Wall Street Journal* e *The Economist on line*, tem assinaturas do *The National Interest* e da *Quadrant*. Os sócios brincam com ele por ser tão intelectual. Mas é tudo de brincadeira, e ele está sempre à frente do mercado, e é respeitado por isso.

17. Do Design Inteligente

Um tribunal dos Estados Unidos recentemente determinou que as escolas públicas de uma cidade ou outra da Pensilvânia não podem usar as aulas de ciências para ensinar a descrição do universo conhecida como Design Inteligente e, especificamente, não podem ensinar o Design Inteligente como uma alternativa para o darwinismo.

Não desejo me associar às pessoas que estão por trás do movimento do Design Inteligente. Mesmo assim, continuo a achar a evolução por mutação ao acaso e seleção natural não só pouco convincente como ridícula enquanto descrição de como surgem os organismos complexos. Enquanto nenhum de nós continuar sem a menor idéia do que fazer para construir uma mosca doméstica a partir do nada, de que maneira podemos descartar como intelectualmente ingênua a conclusão de que a mosca doméstica deve ter sido montada por uma inteligência de ordem superior à

Por que ela fica me lembrando que não é casada? Eu podia oferecer minha mão a ela, minha mão e minha fortuna: *Largue do Alan, seja minha!* Será que eu seria louco a ponto de dar um salto desses?

Quando a gente foi morar juntos, ele não sabia muito de sexo, do que uma mulher quer, o que era engraçado, uma vez que ele era um homem casado. Mas eu fui ensinando, fui ensinando e agora ele é dos melhores. Tem um fogo nele que está sempre queimando por mim, e uma mulher consegue desculpar muita coisa em troca disso. Míster Coelho, eu falo para ele às vezes, Míster Coelhomacho. Uma vez, a gente deu quatro na mesma tarde. É um recorde ou não é um recorde?, ele falou depois da quarta vez. É um recorde, eu falei. Míster Coelho. Míster Cenoura Primeira. Míster *Big*.

nossa? Se alguém no quadro geral é ingênuo, é a pessoa que promove as regras operativas da ciência ocidental a axiomas epistemológicos, argumentando que o que não pode ser demonstrado cientificamente como verdadeiro (ou, para usar uma palavra mais tímida preferida pela ciência, *válido*) não pode ser verdadeiro (válido), não apenas pelo padrão de verdade (validade) usado pelos praticantes da ciência mas por qualquer padrão válido.

Não me parece filosoficamente retrógrado atribuir inteligência ao universo como um todo, em vez de apenas a um subconjunto de mamíferos do planeta Terra. Um universo inteligente evolui com um propósito ao longo do tempo, mesmo que esse propósito esteja para sempre além do alcance do intelecto humano e, de fato, além do alcance de nossa idéia do que pode constituir propósito.

Uma vez eu perdi o rumo, disse ela. Por um tempo. O Alan me salvou. Foi assim que a gente se conheceu.

Eu me recolhi e esperei para ouvir como ela havia perdido o rumo.

O Alan é muito bom nisso, ela disse. Muito estável. Muito paternal. Talvez por ele não ter tido pai. Sabia disso?

Não sei nada do Alan, eu disse.

A propósito, eu digo, o Señor C tem perguntado sobre planejamento financeiro. Claro, diz o Alan, eu cuido dele. Cuida como?, pergunto. Cuido bem, ele diz. Que tipo de cuidado é cuidar bem?, pergunto. Não faça perguntas para não ouvir mentiras, ele replica. Eu não quero fazer ele de bobo, eu digo. Não vai fazer ele de bobo, ele diz, *au contraire* eu vou ser o anjo da guarda dele. Ele é velho e triste,

À medida que se possa querer ir além e distinguir uma inteligência universal do universo como um todo — passo que não vejo razão para dar —, pode-se desejar atribuir a essa inteligência o prático nome monossilábico de *Deus*. Mas mesmo que se dê esse passo, ainda se estaria muito longe de pressupor — e aceitar — um Deus que exigisse que se acreditasse nele, um Deus que tivesse qualquer interesse em nossas idéias sobre ele ou um Deus que recompensasse bons atos e punisse malfeitores.

As pessoas que afirmam que por trás de cada traço de cada organismo existe uma história de seleção por mutação ao acaso deviam tentar responder à seguinte pergunta: por que o aparato intelectual que evoluiu nos seres humanos parece ser incapaz de compreender *em qualquer nível de detalhe* a sua própria complexidade? Por que nós, seres humanos, normalmente experimentamos assombro — uma contração da mente, como diante de um abismo — quando tentamos compreender, *captar*, certas coisas, tais como a origem do espaço e do tempo, o ser do nada, a natureza do entendimento em si? Não consigo perceber

Ele era órfão. Foi criado num orfanato. Teve de se fazer sozinho. É um homem interessante. Você devia conhecer o Alan.

Regra número dois: nunca tenha nada a ver com o marido. Você perdeu o rumo, eu disse.

eu digo, não consegue evitar o que sente por mim, do mesmo jeito que você não consegue evitar o que sente por mim. Não precisa me dizer isso, ele diz. Minha Princesa da Prexeca. Minha Baronesa da Boceta. Não o machuque, eu digo. Prometa. Prometo, ele diz.

qual a vantagem evolucionária que essa combinação nos dá — a combinação de insuficiência de percepção intelectual junto com a consciência de que essa percepção é insuficiente.

Eugène Marais, que pertenceu à primeira geração a absorver inteiramente a doutrina darwiniana, se perguntava em que direção evolucionária ele próprio podia estar apontando, se ele não podia ser um exemplo de uma mutação que não ia prosperar e, nesse sentido, estaria, portanto, condenado à extinção. De fato, gente como Marais se perguntava se toda a cepa que representavam dentro da humanidade, caracterizada pelo hiperdesenvolvimento do intelecto, não seria um experimento evolucionário condenado, marcando a rota que a humanidade não podia seguir e não seguiria. Daí sua resposta para a questão anterior era: um aparato intelectual marcado por uma consciência de sua insuficiência é uma aberração evolucionária.

....

Foi. Mas estou levando uma vida tranqüila agora. E você? Nunca perdeu o rumo?

....

Eu acredito no Alan? Claro que não acredito nele e ele nem por um minuto pensa que eu acredito nele. Tem a dimensão individual e aí tem o quadro maior. Uma mentira na dimensão individual não conta necessariamente como mentira no quadro maior. Ela pode ir além das suas origens. Não preciso que o Alan me ensine isso. É igual maquiagem. Maquiagem pode ser uma mentira, mas não se todo mundo usar. Se todo mundo usa maquiagem, maquiagem vira o jeito como a coisa é, e o que é a verdade senão o jeito de ser das coisas?

18. De Zenão

Como contamos? Como aprendemos a contar? O que fazemos ao contar é a mesma coisa que fazemos quando aprendemos a contar?

Existem dois métodos para ensinar uma criança a contar. Um é espalhar uma fileira de botões (De que tamanho? — Isso é coisa a ser determinada.) e pedir à criança que vá da esquerda para a direita, primeiro colocando o indicador de uma mão (uma só) no botão da extrema esquerda, pronunciando ao mesmo tempo uma palavra (*nomen*, nome) — em inglês *one* — de uma lis-

---

Não, eu disse, acho que não. E agora é tarde demais. Se eu perder o rumo na minha idade, não vai dar mais tempo de voltar para trás.

Sorte sua, disse ela. Uma pausa. O senhor não faz idéia do tipo de pessoa que eu sou, não é?, disse ela.

O Alan acredita que, como o Señor C tem pensamentos maldosos comigo, ele precisa de correção, seis das boas com uma vara na bunda magra dele (o Alan não disse isso com todas as letras, mas eu sei que estou certa). Mas será que pensamentos maldosos são mesmo tão maldosos, eu me pergunto, quando você está velho demais para pô-los em prática e os mantém trancados em sua própria dimensão? Para um velho, afinal de contas, o que resta no mundo além de pensamentos maldosos? O Señor C não consegue evitar me desejar, do mesmo jeito que eu não posso evitar ser desejada. Além disso, o Alan gosta que outros homens olhem para mim. Ele não admite, mas eu sei

ta dada, depois colocando o dedo no botão seguinte e pronunciando o nome seguinte da lista, *two*, e assim por diante *até a criança captar a idéia* (qual é essa idéia será abordado depois), e nesse ponto se poderá dizer que a criança aprendeu a contar. A lista de nomes utilizada varia de língua para língua, mas em todos os casos entende-se que é sem fim.

O segundo método é colocar um botão diante da criança e pedir que ela pronuncie o primeiro nome (*one*) da lista, depois colocar outro botão e pedir que pronuncie o nome seguinte (*two*), depois outro botão e assim por diante, até a criança *captar a idéia*.

Não, não faço, respondi. Ela tinha razão. Essa mesma idéia havia, de fato, acabado de me passar pela cabeça: que embora eu tivesse uma visão muito clara do seu ser físico, tanto como era agora quanto

---

que é verdade. Você é minha, não é?, ele me pergunta quando está abraçado comigo. Não é? Não é? E aperta meu pulso tão forte que dói. Sua, sempre sua, eu falo, sem ar, e ele goza e aí eu gozo. É assim que as coisas são com a gente. Quentes como fogo.

•

No meio das últimas opiniões do Señor C, tem uma que me incomoda, me faz pensar se eu não estou fazendo mau juízo dele o tempo todo. É sobre sexo com crianças. Ele não se põe exatamente a favor, mas também não fica contra. Eu me pergunto, será que é o jeito de ele dizer que os apetites dele vão por aí? Por que ele haveria de escrever a respeito se não fosse por isso?

A criança capta a idéia por indução, mas qual é a idéia? A idéia é que, embora a lista seja sem fim (e portanto impossível de memorizar, de aprender), novos nomes individuais na lista são bastante reduzidos em número; além disso, que a lista é ordenada e tem um sistema, com nomes individuais combinados e recombinados de acordo com uma regra, uma regra que dirá como, dado o nome do número do botão sobre o qual você tem agora o seu dedo, você poderá prever o nome do próximo botão (método de ensino "um"); ou que lhe dirá como, dado o último nome que você pronunciou, prever qual nome deverá pronunciar quando cair o próximo botão (método de ensino "dois").

....

como seria no futuro, da mesma forma que se pode ter a mais clara sensação de uma flor — seu brilho, seu corajoso crescimento, seu peso no mundo —, eu não percebia de fato o que se passava na cabeça

....

Eu entendo que ele sinta tesão por alguém miudinha como eu. Tem muitos homens assim. Eu seria assim se fosse homem. Mas meninas pequenas são outra história. Eu vi muito velho com menina pequena no Vietnã, mais que o bastante.

As idéias dele — que parecem ser sobre pornografia, mas por trás são sobre sexo — são assim. Filmar um homem fazendo sexo com uma criança de doze anos, uma criança de doze anos de verdade, devia ser proibido, isso ele não discute, uma vez que sexo com uma criança, seja na frente de uma câmera ou não, é um crime. Mas alguém de dezessete anos fingindo que tem doze anos é completamente diferente.

Em sociedades de língua inglesa, que usam o quase universal sistema decimal, a regra lhe diz que você precisa memorizar apenas doze nomes (*one, two... eleven, twelve*) em seqüência, depois do que você pode *calcular* (entenda-se como *construir* ou como *prever*) como a lista de nomes continua. Mas mesmo isso é uma exigência extravagante. Na teoria, você pode se virar com apenas dois nomes, *one* e *two*, ou com um único nome, *one*, mais um conceito, somando (somando um a alguma coisa).

....

daquela mulher com quem — devido ao meu tédio, sem dúvida, à minha própria ociosidade, à minha cabeça vazia — eu parecia ter ficado obcecado, até onde se pode considerar obcecado um homem quando o impulso sexual diminuiu e existe apenas uma vaga incerteza sobre o que ele efetivamente deseja, o que ele efetivamente espera que forneça o objeto de sua paixão.

....

Quando uma cena de sexo é feita por atores que são maiores de idade, ela de repente vira arte, e arte tudo bem.

Minha primeira reação foi ir falar com ele e dizer: como o senhor sabe que um ator que parece criança e faz papel de criança não é de fato criança? Desde quando os créditos de um filme vêm com a idade de alguém entre parênteses depois do nome e com uma cópia autenticada da certidão de nascimento? Caia na real!

Fiz o Alan escutar a fita e o Alan na mesma hora pôs o dedo no ponto fraco. O Alan é rápido e acaba com a merda na mesma hora. Ele está tentando definir um limite entre realidades e percepções, disse o Alan. Mas tudo é uma percepção. Foi isso que Kant provou. Foi essa a revolução kantiana. A gente simplesmente não tem acesso ao

Existe outro jeito, mais conciso, independentemente da linguagem, de contar a mesma história não usando os nomes dos números, mas os símbolos abstratos (abstrato no sentido de não estar ligado a nenhuma manifestação sonora) *1*, *2*, *3*... Mas o preço dessa concisão é perder contato com a voz do aprendiz recitando em ordem a lista dos botões que vai tocando.

Essa é a vantagem de ser uma humilde datilógrafa. E então, como se lesse meus pensamentos, ela disse: Enquanto ela consegue estudar seu Señor lá no mais fundo dele, seu Señor não sabe nada do que acontece com ela.

Vá com cuidado, eu disse. Você pode estar vendo menos do que

---

numinoso. Então a totalidade da vida é um conjunto de percepções, afinal. E o cinema é a mesma coisa, só que na real — vinte e quatro percepções por segundo, através de um olho mecânico. Se a platéia de um cinema enxerga uma criança sendo estuprada, então é uma criança sendo estuprada, ponto final, consenso social, fim da história. E se for uma criança sendo estuprada, então, bum!, você vai para a cadeia, você e os produtores e o diretor e a equipe inteira, todos os que participaram do crime — essa é a lei, preto no branco. Enquanto se a platéia não acreditar, se a atriz tem peitos grandes e é evidentemente uma mulher adulta fingindo, então é outra história, então é só um filme fracassado.

A partir do momento em que o aprendiz *pega a coisa*, ou seja, capta a regra de dar nome ao próximo número, a totalidade da matemática decola. A totalidade da matemática repousa na minha capacidade de *contar* — minha capacidade, dado o nome de N, de nomear N + 1 sem saber esse nome previamente, sem memorizar uma lista infinita. Boa parte da matemática consiste em espertos estratagemas para reformular uma situação em que não consigo contar (não consigo calcular o nome do próximo elemento da série — o nome do próximo número irracional, por exemplo) em relação a situações em que consigo contar.

---

imagina do mais fundo de mim. As opiniões que você está digitando não vêm necessariamente do mais fundo de mim.

"A desonra cai sobre os ombros da pessoa", ela repetiu baixinho. Isso para mim parece sair do mais fundo.

Então se você faz pornografia infantil boa — quer dizer, pornografia convincente —, você vai para a cadeia e se faz pornografia infantil ruim não vai — é isso?, perguntei.

Em resumo, é isso, diz o Alan, é esse o risco que você corre. Faz um filme que é um fracasso, não ganha dinheiro, mas também não vai preso. Faz um filme bom com o potencial de ganhar um monte de dinheiro, só que vai para a cadeia. Tem de comparar os prós e os contras e resolver. É assim que tudo funciona, prós e contras. Justiça natural.

Eu gostaria de juntar o Alan e o Señor C para eles debaterem essa questão de pedofilia. O Alan ia acabar com ele. Até eu acabava com

A maioria dos matemáticos praticantes pratica a matemática a partir da compreensão de que construímos os números à medida que avançamos: dado *um* construímos *dois* aplicando a regra *somar um a determinado número*, um; depois construímos o *três* aplicando a regra ao dois; e assim por diante, indefinidamente. Os números não estão lá esperando para ser descobertos (esperando ser atingidos com a progressão do processo de contagem): obedecendo à regra, nós efetivamente construímos os números a partir do nada, um depois do outro, sem fim.

Fiquei sentado, abalado, sem fala.

Então o que vai salvar o senhor da desonra, Señor C?, ela perguntou. E quando eu não respondi: Quem o senhor está esperando que venha te socorrer?

---

ele se quisesse. Acabava com ele e ia embora. *Acha que sou alguma tonta?*, perguntaria. *Acha que não consigo ler nas entrelinhas? Guarde o seu dinheiro, não preciso dele, digite você mesmo.* Grande saída. Fecha o pano.

Estou quase apostando que o Señor C tem uma pilha de pornografia em algum lugar do apartamento. Eu devia olhar nas estantes, ver se não tem talvez uma ou duas fitas *verboten* escondidas atrás dos livros. *Emmanuelle Quatro!*, eu diria — *Imagino o que será isso. E Bonecas Russas XXX! Eu tinha bonecas russas quando era uma menina de rabo-de-cavalo. Posso pegar emprestado? Trago de volta daqui uns dias.* O que ele diria? Ia se enrolar todo. *Essas fitas são material de pesquisa*, ia mentir, *para um livro que estou escrevendo. Pesquisa?*, eu diria. *Pesquisa científica, é? Não sabia que era um sexologista, Señor C.*

Os nomes dos números são, assim, não exatamente iguais a palavras numa língua, mesmo que pareçam pertencer à língua. O dicionário da língua já insinua que os nomes dos números não são palavras propriamente ditas ao listar apenas um punhado deles. Em nenhum dicionário de língua inglesa, por exemplo, encontraremos um verbete para a palavra *twenty-three* [vinte e três]. Palavras normais, ao contrário dos nomes dos números, são compostas a partir de sons escolhidos mais ou menos arbitrariamente.

....

Não sei, respondi. Se eu soubesse não estaria tão perdido.

Bom, sua pequena datilógrafa filipina não pode fazer isso pelo senhor. Sua pequena datilógrafa filipina com suas sacolas de compras e sua cabeça oca.

....

Ele é sobra dos anos sessenta, é só isso que ele é, diz o Alan. Um hippie socialista antiquado e sentimental, amor livre, sem censura, sentimental, porque não sobrou nada do socialismo a não ser o cheiro depois que o muro de Berlim caiu e nós pudemos ver que a União Soviética não era um império histórico mundial, só um grande lixo tóxico com fábricas-dinossauro produzindo coisas vagabundas que ninguém queria. Mas míster C e os camaradas dele dos anos sessenta se recusam a abrir os olhos. Não podem se permitir isso, destruiria suas últimas ilusões. Eles preferem se encontrar e beber cerveja, sacudir a bandeira vermelha, cantar a "Internacional" e lembrar dos bons tempos, quando levantavam barricadas. Acorde! — você devia dizer para ele. O mundo segue em frente. Um novo século. Nada de patrões cruéis e trabalhadores morrendo de fome. Nada de divisões artificiais. Estamos nessa todos juntos.

Dessa forma, faria pouca diferença para a língua inglesa se a palavra *krap* viesse a substituir a palavra *park* [parque] onde quer que *park* ocorra. A matemática, por outro lado, ficaria toda confusa se *3618* substituísse *8163* toda vez que ocorresse *8163* (i.e. 8162 + 1 = 3618; 907 x 9 = 3618). Existem, devo admitir, algumas regras rudimentares de formação de palavras na própria língua — regras com montes de exceções — que nos permitem prever a partir de verbo, por exemplo, qual será o substantivo, adjetivo ou advérbio correlato (*act — action — active — actively*) [ato — ação ou atuação — ativo — ativamente]; mas não existe nada tão abrangente quanto a regra de contagem, a regra que nos permite prever (ou construir ou descobrir) novas palavras (novos nomes de números) indefinidamente.

Eu nunca disse que você era cabeça oca.

Sem querer entrar em muito detalhe, eu digo, ele não é mais anarquista do que socialista? Os socialistas querem que o Estado mande em tudo, não é? Enquanto ele fica dizendo que o Estado é uma gangue de bandidos.

O que é verdade, diz o Alan. Eu não discordo desse aspecto da análise dele. E quanto mais intervenção do Estado, mais banditismo. Olhe a África. A África nunca vai dar certo economicamente porque o que tem lá é só aparatos de Estados bandidos defendidos por exércitos bandidos, recolhendo impostos das empresas e da população. Está aí a razão dos problema do seu cara: a África. Ele é de lá, é lá que ele continua preso, mentalmente. Na cabeça dele ele não consegue se afastar de África.

A tese de que os números são construídos por nós à medida que contamos enfrenta alguns obstáculos. Por exemplo, podemos demonstrar que existem indefinidamente muitos números primos. No entanto, dado o $N^{ésimo}$ primo, não temos regra para construir o $(N + 1)^{ésimo}$; nem sabemos até onde teríamos de ir testando números para ver se são primos até podermos ter certeza de tê-lo atingido. Em outras palavras, o $(N + 1)^{ésimo}$ número primo existe, portanto pode ser construído, mas não sabemos dizer com certeza como será seu nome enquanto durar o universo.

....

Não, é verdade, nunca disse, é educado demais para isso; mas pensou. Pensou desde o primeiro minuto. *Que linda bunda,* o senhor pensou, *uma das bundas mais lindas que eu já vi. Mas nada ali em cima. Se eu fosse mais moço,* o senhor pensou, *ia adorar cair em cima dela.* Confesse. Foi isso que o senhor pensou.

Mais ou menos. Foi mais ou menos isso que eu pensei. Se bem que não nesses termos.

....

Ele não é o meu cara, eu digo.

Para todo lado que ele olha, ele vê a África, vê banditismo, diz o Alan, que não está me escutando. Ele não entende a modernidade. Não entende o Estado gerencial.

Que não é um Estado bandido, eu digo.

O Alan me dá um olhar engraçado. Está ficando influenciada por ele?, pergunta. De que lado você está?

Eu não estou influenciada por ele. Só quero ouvir uma explicação simples de por que o Estado gerencial não é um Estado bandido.

Mas, tomando uma rota alternativa, dizer que os números não são construídos por nós, mas já estão lá, esperando que encontremos nosso caminho até eles para fixar marcadores (nomes) neles, levanta problemas ainda mais desanimadores. Minha regra de contagem pode permitir que eu me arraste com sucesso do 1 ao N, nomeando (contando) cada número ao atingi-lo, mas quem pode dizer que o botão à minha espera imediatamente à direita do botão chamado N é de fato o botão chamado N + 1?

Tudo bem, ela disse, estou acostumada. Não que o senhor tenha tentado me estuprar nem nada. Não que o senhor tenha cochichado palavras de sedução no meu ouvido. O senhor é educado demais para isso. Seria como perder o rumo, para o senhor. E agora a desonra cai sobre os seus ombros, e o senhor não sabe como se livrar disso.

O.k., eu vou explicar. O Estado passa a existir para proteger seus cidadãos. É para isso que ele existe: para fornecer segurança enquanto continuamos com nossas atividades de vida, que, tomadas em conjunto e *aufgehoben*, constituem a economia. O Estado envolve a economia num escudo. Além disso, por enquanto, por falta de uma entidade melhor, toma decisões sobre a macroeconomia quando preciso e põe em prática essas decisões; mas isso é história para um outro dia. Escudar a economia não é banditismo, Anya. Pode degenerar em banditismo, mas estruturalmente não é banditismo. O problema do seu Señor C é que ele não consegue pensar estruturalmente. Para onde

Essa é a sombria possibilidade que está no coração dos paradoxos de Zenão. Antes que a flecha possa atingir o alvo, diz Zenão, ela deve chegar primeiro a meio caminho do alvo; antes de chegar à metade, tem de chegar a um quarto do caminho; e assim por diante: $1, \frac{1}{2}, \frac{1}{4} \ldots \frac{1}{2}^{N}, \frac{1}{2}^{(N+1)}$... Se admitirmos que a série de marcas que a flecha precisa ultrapassar para chegar ao alvo é infinita, então como a flecha jamais chegará lá?

Você está misturando duas coisas, eu disse. Duas fontes de vergonha diferentes, de dois graus diferentes.

---

ele olha, quer ver motivos pessoais em ação. Quer ver crueldade. Quer ver ganância e exploração. Tudo é um drama moral para ele, bem *versus* mal. O que ele não consegue enxergar, ou se recusa a enxergar, é que indivíduos são atores de uma estrutura que transcende motivos individuais, transcende o bem e o mal. Até mesmo os sujeitos em Canberra e nas capitais de Estado, que podem de fato ser bandidos num nível pessoal — estou pronto para concordar com isso —, que podem estar traficando influência e roubando por baixo, guardando para seu futuro pessoal, mesmo esses caras trabalham dentro do sistema, independentemente de saberem ou não disso.

Dentro do mercado, eu digo.

Dentro do mercado, se quiser. O que fica além do bem e do mal, como disse Nietzsche. Bons motivos ou maus motivos no fim são apenas motivos, vetores da matriz, que a longo prazo acabam se nivelando. Mas o seu cara não enxerga isso. Ele vem de um outro mundo, de

Ao inventar um jeito de resumir o número infinito de passos infinitesimais no caminho da flecha e chegar a um total finito, Isaac Newton acreditou ter superado o paradoxo de Zenão. Mas o paradoxo tem profundidades que vão além de Newton. E se, no intervalo entre o passo $N^{\text{ésimo}}$ recém-atingido e o ainda nunca atingido — nunca atingido na história do universo — $(N + 1)^{\text{ésimo}}$, a flecha perdesse o rumo, caísse num buraco, desaparecesse?

Talvez esteja, talvez eu misture duas fontes. Mas será que existem mesmo tipos diferentes de vergonha? Achei que era tudo a mesma coisa, depois que a gente sentiu. Mas abaixo a cabeça, o senhor é

---

uma outra era. O mundo moderno fica além da compreensão dele. O fenômeno dos modernos Estados Unidos é inteiramente incompreensível para ele. Ele olha para os Estados Unidos e tudo que vê é uma batalha entre o bem e o mal, entre o eixo do mal Bush–Cheney–Rumsfeld de um lado e os bons terroristas do outro, junto dos amigos dele, os relativistas culturais.

E a Austrália?, pergunto. O que é incompreensível para ele na Austrália?

Ele não entende a política australiana. Ele procura por aí grandes questões e quando não vê nenhuma passa o seu julgamento sobre nós: os australianos são tacanhos, retraídos, grossos (como prova, veja o caso do pobre David Hicks), e quanto à nossa política, não tem conteúdo, apenas concursos de personalidade e bate-bocas baixos. Bom, claro que não tem nenhuma grande questão na Austrália. Não tem mais nenhuma grande questão em nenhum Estado moderno, não

Jorge Luis Borges escreveu uma irônica fábula filosófica, "Funes, o memorioso", sobre um homem para quem a regra de contagem, e de fato até mesmo as mais fundamentais regras que nos permitem abranger o mundo na linguagem, são simplesmente desconhecidas. Por meio de um imenso, solitário esforço intelectual, Funes constrói uma contagem que não é um sistema de contagem, uma contagem que não faz nenhuma pressuposição do que vem depois de N. No momento em que o narrador de Borges o encontra, Funes avançou até aquilo que as pessoas comuns chamariam de número vinte e quatro mil.

---

que é o especialista, o senhor é que sabe. O que vai fazer com o seu tipo de vergonha?

---

mais. É isso que define a modernidade. As grandes questões, as questões que contam, já foram resolvidas. Até os políticos sabem disso no fundo do coração. A política não é mais onde se encontra a ação. A política é uma atração lateral. E o seu homem devia agradecer por isso, não ser duro e censurar desse jeito. Se ele quer a política antiquada, onde as pessoas dão golpes e se matam, onde não existe segurança e todo mundo guarda o dinheiro embaixo do colchão, ele devia voltar para a África. Vai se sentir completamente à vontade lá.

Em lugar de sete mil e treze, ele dizia (por exemplo) *Máximo Pérez*; em lugar de sete mil e catorze, *A Ferrovia*; outros números eram *Luis Melián Lafinur, Olimar, enxofre, os arreios, a baleia, o gás, o caldeirão, Napoleão, Agustín de Vedía*. Em lugar de quinhentos, dizia *nove*... Tentei explicar a ele que essa rapsódia de termos desconexos era exatamente o contrário de um sistema de numeração. Disse a ele que dizer 365 significa dizer três centenas, seis dezenas, cinco unidades: uma análise que não se pode encontrar nos "números" *O negro Timóteo* ou *manta de carne*. Funes não me entendeu ou se recusou a me entender.[11]

....

Não sei, respondi. Não faço a menor idéia. Eu ia dizer (eu disse) que, quando se vive em uma época vergonhosa, a vergonha cai sobre você, a vergonha cai sobre todo mundo e você tem simplesmente de agüentar, é a sua cruz e o seu castigo. Estou errado? Me esclareça.

....

O Alan tem quarenta e dois anos. Eu tenho vinte e nove. É sexta-feira de noite. A gente podia ter saído e estar se divertindo. Em vez disso, estamos fazendo o quê? Estamos sentados sozinhos, bebendo cerveja, olhando o tráfego da fatia do porto Darling, que é tudo o que a gente consegue enxergar entre os arranha-céus, discutindo o velho do andar térreo, se ele é socialista ou anarquista. Ou melhor, estamos sentados sozinhos e o Alan está me contando coisas sobre o velho do

A fábula cabalística, kantiana, de Borges nos deixa claro que a ordem que vemos no universo pode não residir no universo absolutamente, mas em paradigmas de pensamento que atribuímos a ele. A matemática que inventamos (sob certos aspectos) ou descobrimos (sob outros), que acreditamos ou esperamos ser a chave para a estrutura do universo, pode igualmente bem ser uma língua particular — particular a seres humanos com cérebros humanos — com a qual rabiscamos as paredes de nossa caverna.

....

Deixe eu contar uma história, ela disse. Pode ajudar, ou não. Foi em Cancún, uns anos atrás no Yucatán, viajando com uma amiga minha. Nós duas sentadas no bar, tomando um drinque, começamos a conversar com uns estudantes universitários americanos, eles nos convidaram para dar uma olhada no barco deles. Eles pareciam bons, então, por que não?, fomos com eles. Aí eles disseram, que tal a gente sair para velejar? Bom, levaram a gente para velejar e não vou entrar

....

térreo. Não estou criticando o Alan, mas não temos nenhuma vida social. O Alan não gosta dos meus amigos de antes de a gente se conhecer, e ele não tem amigos, a não ser colegas de trabalho, que ele diz que já encontra o suficiente durante a semana. Então nós dois somos iguais a uma dupla de velhos corvos solitários num galho.

19. Da probabilidade

É famosa a frase de Einstein de que Deus não joga dados. Ele estava expressando uma convicção (uma Fé? uma esperança?) de que as leis que governam o universo possuem um caráter mais determinista do que probabilístico.

Para a maioria dos físicos hoje, a idéia de Einstein sobre o que constitui uma lei física parece um pouco ingênua. Mesmo assim, Einstein é um aliado formidável a ser invocado por aqueles cujas suspeitas sobre afirmações probabilísticas e seu valor explanatório não vão embora. Por exemplo, eis uma proposição de tipo frouxo, tal como encontramos todos os dias: que homens acima do peso correm maior risco de enfarte do miocárdio. O que significa essa proposição, estritamente falando? Significa que se

....

em detalhes, mas eles eram três e nós duas, e eles devem ter concluído que nós duas éramos uma dupla de vagabundas, uma dupla de putas, enquanto eles eram filhos de doutores e advogados e sei lá o quê, estavam levando a gente para um cruzeiro no Caribe, então a gente devia alguma coisa para eles, então eles podiam fazer o que quisessem com a gente. Os três. Três rapazes forçudos.

....

Não acha que estamos perdendo muito tempo com o Señor C?, eu digo.

Concordo plenamente, diz o Alan. Do que você quer conversar então?

Não quero conversar, eu digo. Quero fazer alguma coisa.

você pesa centenas ou milhares de homens da mesma idade e os divide em duas classes, acima do peso e não acima do peso ("normais"), usando algum critério aceito do que constitui excesso de peso, e acompanha o caso deles ao longo do tempo, você vai descobrir que o número de homens acima do peso que sofreu enfartes a uma certa idade é mais alto que o número de homens "normais" que sofreu ataques do coração; e mesmo que o número desse grupo particular de homens que você está estudando *não* se revele maior, se você repetir a investigação muitas vezes, em diferentes lugares, com homens diferentes em períodos diferentes, o número *se revelará* maior; e mesmo que o número *ainda* não seja maior, se você teimosamente continuar repetindo a investigação com suficiente freqüência, ele *acabará* sendo maior.

....

A gente não voltou para o porto aquele dia. No segundo dia no mar, minha amiga não agüentou, tentou pular na água e com isso eles levaram um susto, então eles atracaram numa aldeiazinha de pesca no litoral e largaram a gente lá. Fim da aventura, eles pensaram, agora vamos atrás de outra.

....

A gente podia ir ao cinema, diz o Alan. Se tiver alguma coisa que valha a pena. Quer fazer isso?

Se você quiser, eu digo. O que eu não digo é: será que a gente não podia fazer alguma coisa nova para variar?

Se você perguntar ao pesquisador(a) como ele ou ela pode ter certeza de que os números acabarão dando certo e assim comprovar a pretensa relação causa e efeito entre excesso de peso e enfarte do miocárdio, sua questão será remodelada e respondida nos seguintes termos: "Tenho noventa e cinco por cento de certeza" ou "Tenho noventa e oito por cento de certeza". O que significa ter noventa e cinco por cento de certeza?, você pode perguntar. "Significa que eu estarei certo em dezenove casos em cada vinte; ou, se não em dezenove em cada vinte, em dezenove mil em cada vinte mil", responderá o pesquisador. E qual é o caso atual, você pergunta: O décimo nono ou o vigésimo, o décimo nono milésimo ou o vigésimo milésimo?

Mas estavam enganados. Não era o fim. Nós voltamos para Cancún e registramos queixa na polícia, tínhamos todos os nomes, os detalhes e expediram um mandado de busca, os rapazes foram presos no porto seguinte onde pararam e o iate deles foi retido e a história saiu nos jornais lá em Connecticut, ou seja lá onde for, e eles se viram na merda até o pescoço.

O Señor C tem opiniões sobre Deus, sobre o universo, sobre tudo. Ele grava as opiniões dele (resmunga, resmunga) que eu digito muito dedicada (cléquete, cléquete) e em algum ponto da história os alemães compram o livro dele e se debruçam em cima (*ja, ja*). Quanto ao Alan, o Alan fica o dia inteiro debruçado em cima do computador, depois volta para casa e me conta as opiniões dele sobre as taxas de juros e os últimos lances do banco Macquarie, que eu escuto comportadamente. Mas e eu? Quem escuta as minhas opiniões?

Qual é o caso atual? Que caso sou *eu*? O que isso que você diz sobre comer demais e as conseqüências de comer demais significa para *mim*? *Se* eu quero evitar um enfarte do miocárdio *então* devo comer moderadamente — essa é a lição que devo tirar. Mas tenho a garantia de que *se* eu comer moderadamente *então* não terei um enfarte do miocárdio? Não. Deus joga dados. Não faz parte da natureza das colocações probabilísticas que elas possam ser desmentidas pelo exemplo. Elas podem ser confirmadas ou desmentidas apenas probabilisticamente, por outras investigações estatísticas conduzidas em outras massas de indivíduos; e o desmentido pode ocorrer apenas na forma. "A afirmação de que homens acima do peso correm maior risco de enfarte do miocárdio não pode ser sustentada por probabilidades e, nesse sentido, provavelmente não é válida."

Como as pessoas reagem na vida real quando lhes dizem que se comerem demais correrão "maior risco" de enfarte do miocárdio? Uma resposta é: "Para que viver se não posso comer

---

Mas por que estou contando essa história? Porque quando nós fomos à polícia, o *jefe*, o chefe de polícia, um homem muito bom, muito simpático, disse para a gente, Têm certeza de que querem fazer isso? (querendo dizer, Têm certeza que querem que saibam dessa história?), porque, vocês sabem, a desonra, a infâmia, é igual chiclete, onde encosta gruda.

Tem alguma coisa me incomodando. O Alan diz que o Señor C diz que os australianos são todos grossos, como prova a indiferença deles aos pedidos de David Hicks. Bom, o Señor C não menciona Da-

como eu gosto?", querendo dizer que, num cálculo de vantagens e desvantagens, uma vida breve e gorda é preferível a uma vida longa e magra. Outra resposta é: "Meu avô era gordo e viveu até os noventa anos", querendo dizer: "Você propõe isso como uma lei que vale para todos os homens, mas eu já desconfirmei essa lei pelo exemplo". Minha própria resposta é: "Não entendo a expressão *maior risco*. Por favor, expresse isso em linguagem mais simples, linguagem que não contenha termos abstratos como *chance*, *probabilidade*". (É impossível.)

As proposições probabilísticas constituem um pequeno mundo em si mesmas. O que é expresso em termos probabilísticos só pode ser interpretado em termos probabilísticos. Se você já não pensa em termos probabilísticos, as previsões que emergem do mundo probabilístico parecem vazias. Pode-se imaginar a Esfinge predizendo que Édipo provavelmente matará o pai e casará com a mãe? Pode-se imaginar Jesus dizendo que ele provavelmente voltará?

....

Sabe o que eu disse?, eu disse, estamos no século vinte, *capitano* (a gente ainda estava no século vinte na época). No século vinte, quando um homem estupra uma mulher, a desonra é do homem. A desonra gruda no homem, não na mulher. Pelo menos no lugar onde eu moro é assim. E assinamos os papéis, minha amiga e eu, e fomos embora.

....

vid Hicks até o pedaço que eu digitei ontem, um pedaço que eu nunca tinha discutido com o Alan (nem tive chance). Então como é que

O que estou deixando de levar em conta quando falo assim? Que as leis probabilísticas da física quântica nos oferecem um modo melhor de entender o universo do que as velhas leis deterministas, melhor porque a substância do universo é, em certo sentido, indeterminada, e as leis estão, portanto, por sua natureza, mais de acordo com a realidade? Que o modo de pensar sobre a relação entre presente e futuro, tipificado pela previsão, depende de um sentido de tempo arcaico?

Como seria a vida se eliminássemos *cada* regra que só pode ser formulada em termos probabilísticos? "Se você apostar em tal cavalo, provavelmente vai perder dinheiro." "Se você corre acima do limite de velocidade, provavelmente será preso." "Se você se declarar para ela, provavelmente vai ouvir um não." O termo coloquial para descontar probabilidades é *assumir riscos*. Quem pode dizer que uma vida de riscos não é (provavelmente?) melhor que uma vida vivida de acordo com as regras?

....

E então?, eu disse.

....

o Alan sabe do David Hicks? Será que anda olhando meus arquivos por trás de mim? E por que faria isso?

20. Do reide

A geração de sul-africanos brancos antes da minha, a geração de meus pais, foi testemunha de um momento significativo na história, quando o povo de uma velha África tribal começou a migrar em massa para cidades grandes e pequenas em busca de trabalho, nelas se estabelecendo e nelas tendo filhos. Um momento memorável que a geração de meus pais interpretou calamitosamente mal. Sem refletir, concluíram que as crianças africanas nascidas nas cidades tinham de possuir de alguma forma a lembrança dessa migração dentro delas, ter uma consciência de si mesmas como uma geração intermediária, de transição entre a velha e a nova África e ver seu ambiente urbano circundante como uma coisa fresca, desconhecida, surpreendente — como um grande presente da Europa para a África.

Mas a vida não é assim. O mundo em que cada um de nós nasceu é o *nosso* mundo. Trens, carros, altos edifícios (três gerações atrás), telefones celulares, roupas baratas, fast-food (geração atual) — isso constitui o mundo *enquanto tal*, inquestionável, certamente não um presente de estranhos, um presente com

---

Então nada. Só isso. O resto não tem nada a ver com o senhor. Quando o senhor me conta que anda por aí curvado debaixo da cruz da desonra, penso naquelas garotas de antigamente que tinham o azar de ser estupradas e aí tinham de usar roupa preta o resto da vida —

O que você acha do que o Señor C fala de ciência?, pergunto ao Alan — sobre números, sobre Einstein e o resto?

o qual se maravilhar e pelo qual agradecer. A criança nascida na cidade não tem marca alguma da selva. Não há nenhuma "dolorosa transição para a modernidade" a ser enfrentada. As crianças negras que meus pais tratavam com condescendência eram mais modernas que eles, que tinham migrado na juventude das fazendas e da zona rural para a cidade e ainda mantinham as maneiras de uma criação no campo.

Eu também não era imune ao erro deles. Durante anos, quando morava na Cidade do Cabo, pensava nela como "minha" cidade não só porque tinha nascido ali, mas acima de tudo porque conhecia a história do lugar o suficiente para ver seu passado como um palimpsesto sob seu presente. Mas para os bandos de jovens negros que vagam hoje pelas ruas em busca de ação, é a cidade "deles" e eu sou um forasteiro. A história não tem vida, a menos que você lhe dê morada em sua consciência; é uma carga que nenhuma pessoa livre pode ser forçada a assumir.

As pessoas vêem o que chamam de uma onda de crime varrendo a África do Sul e sacodem a cabeça. Para onde está indo o país?, perguntam. Mas a onda não é nada nova. Quando se instalaram na terra há três séculos, os colonizadores do noroeste da Europa se abriram às mesmas práticas de reide (ataque ao gado, ataque às mulheres) que marcavam as relações entre os

---

usar preto e ficar sentada num canto, não ir nunca a festas e não casar nunca. O senhor não entendeu direito, míster C. Idéia antiga. Análise errada, como diria o Alan. Abuso, estupro, tortura, não interessa o quê:

O Alan não é cientista, o diploma dele é de administração, mas virou um gênio em modelos matemáticos, deu seminários a respeito. Ele lê muito, sabe uma porção de coisas.

bandos ou tribos já residentes ali. O reide na África do Sul dos primeiros tempos coloniais gozava de um peculiar *status* conceitual. Como não havia um corpo de legislação governando as relações entre os grupos, o reide não podia ser chamado de desrespeito à lei. Ao mesmo tempo, não era propriamente guerra. Era mais como um esporte, uma atividade cultural com sérias implicações subjacentes, como competições anuais, sublimações de batalha, praticadas ou representadas entre cidades vizinhas na Europa de antigamente, nas quais jovens de uma cidade tentavam tomar à força algum talismã guardado e defendido pelos jovens de outra cidade. (Essas competições seriam depois formalizadas como jogos de bola.)

Existem milhares de pessoas das áreas negras da África do Sul, principalmente rapazes, que se levantam toda manhã e, sozinhos ou em bandos, partem para reides às áreas brancas. Para eles, o reide é o seu negócio, sua ocupação, sua recreação, seu esporte: ver o que conseguem pegar e levar de volta para casa, de preferência sem luta, de preferência se esquivando dos defensores profissionais da propriedade, a polícia.

....

o negócio é que, contanto que não seja culpa sua, contanto que você não seja o responsável, a desonra não gruda em você. Então o senhor tem sofrido à toa.

....

Cada palavra que ele diz é besteira, diz o Alan. É o que eu chamo de misticismo matemático. A matemática não é uma simples confusão de enigmas sobre a natureza do número um *versus* a natureza do número dois. Não é sobre a natureza de absolutamente nada. A matemática é uma atividade, uma atividade direcionada, como correr. Correr

O reide é um incômodo espinho na carne dos governantes da colônia, é uma ameaça de um ciclo de represálias "olho por olho" que pode chegar à guerra. O que veio a ser chamado de *apartheid* era uma resposta moderna da engenharia social para uma prática que gerações de fazendeiros armados haviam fracassado em erradicar. Depois da década de 1920, as cidades da África do Sul começaram a assumir uma aparência multiétnica moderna, com os descendentes urbanos desses fazendeiros tendo de enfrentar duas complexas escolhas como reação aos reides dos bairros negros das cidades. Uma era reativa: definir o reide como um crime e empregar uma força policial para reagir aos reides perseguindo e punindo os que deles participavam. A outra era preventiva: estabelecer fronteiras entre as áreas negra e branca e policiar essas fronteiras, classificando cada intromissão não autorizada de um negro numa área branca como um crime em si.

A opção reativa constituiu um recorde de fracassos ao longo de três séculos. Em 1948, os brancos votaram a favor do caminho preventivo, e o resto faz parte da história. A instituição de fronteiras tornou quase impossível a mobilidade social dos negros para cima e a mobilidade social dos brancos para baixo, congelando numa massa compacta o antagonismo de classe e o antagonismo de raça; enquanto a maquinaria criada para policiar essas fronteiras se transformava na dispendiosa e tentacular burocracia do estado de *apartheid*.

E assim foi. Ela disse o que quis, se explicou. Minha vez de falar.

---

não tem natureza nenhuma. Correr é o que você faz quando quer ir de A para B depressa. A matemática é o que você faz quando quer ir de P para R, de pergunta a resposta, depressa e de um jeito confiável.

21. Dos pedidos de desculpas

Em um novo livro intitulado *Sense and Nonsense in Australian History* [Senso e contra-senso na história da Austrália], John Hirst retoma a questão de os australianos deverem ou não deverem um pedido de desculpas aos aborígines australianos pela conquista e tomada de sua terra. Com espírito cético, ele pergunta se um pedido de desculpas sem restituição das terras teria algum significado; se isso não seria, de fato, um "contra-senso".

É uma questão candente não só para os que descendem dos colonizadores da Austrália, mas também para seus equivalentes na África do Sul. Na África do Sul, a situação, em certo sentido, é melhor que na Austrália: a devolução de terras aráveis dos brancos aos negros, mesmo sendo uma devolução forçada, é uma possibilidade prática que não existe na Austrália. A posse da terra, do tipo de terra que é medido em hectares e na qual se pode plantar e criar animais, é de imenso valor simbólico, mes-

....

Nenhum homem é uma ilha, eu disse. Ela pareceu não enten-

....

Eu espero mais, mas isso é tudo.

E a probabilidade?, pergunto. O que você acha do que ele diz sobre a probabilidade — que é tudo enganação e tal?

mo que a agricultura em pequena escala esteja declinando de importância na economia nacional. Cada trecho de terra transferido das mãos de brancos para as mãos de negros parece marcar assim um passo no processo da justiça restitutiva, cujo fim será a restauração do *status quo ante*.

Não se pode projetar nada tão dramático na Austrália, onde a pressão que vem de baixo é, por comparação, leve e intermitente. Entre os australianos não indígenas, todos, com exceção de uma pequena minoria, têm esperança de que a questão simplesmente desapareça, da mesma forma que, nos Estados Unidos, a questão dos direitos indígenas à terra foi levada a sumir, a desaparecer.

No jornal de hoje, há o anúncio de um advogado americano, perito em responsabilidades legais, que, pelo preço de seiscentos e cinqüenta dólares por hora, ensina companhias australianas a redigir pedidos de desculpas sem admitir responsabilidade. Passo a passo, o pedido formal de desculpas, que costumava ter um alto *status* simbólico, se desvaloriza à medida que ho-

....

der. Somos todos parte do todo, eu disse. As coisas não mudaram, se-

....

Mais besteira, diz o Alan. Besteira ignorante. Ele está cem anos atrasado. Nós vivemos num universo probabilístico, um universo quântico. Schrödinger provou isso. Heisenberg provou. Einstein não concordava, mas estava errado. Ele foi obrigado a admitir que estava errado, no fim.

mens de negócios e políticos aprendem que no ambiente atual — o que chamam de "cultura" atual — existem maneiras de trilhar o terreno da moral sem o risco de perda material.

Esse desenvolvimento não deixa de ter relação com a feminilização ou sentimentalização dos costumes que começou há duas ou três décadas. O homem que é duro demais para chorar ou rígido demais para pedir desculpas — ou melhor, que não representa (convincentemente) o ato de chorar, que não representa (convincentemente) o ato de pedir desculpas — transformou-se num dinossauro, numa figura risível, quer dizer, saiu de moda.

Primeiro, Adam Smith pôs a razão a serviço do interesse; agora também o sentimento é posto a serviço do interesse. No curso deste último desenvolvimento, o conceito de sinceridade é despido de todo significado. Na "cultura" atual poucos se dão ao trabalho de distinguir — de fato, poucos são capazes de distinguir — entre a sinceridade e a representação da sinceridade, assim como poucos distinguem fé religiosa de observância religiosa. Diante da dúbia pergunta: Isto é fé verdadeira? ou: Isto é

....

nhorita Anya. A desonra não será lavada. Não será levada pela espe-

....

E antes do universo quântico?, pergunto. Antes de cem anos atrás. A gente vivia em outro tipo de universo?

O Alan me dá outro olhar daqueles duros, muito duro mesmo dessa vez, tipo *Sou eu que mando e não esqueça disso*. De que lado você está, Anya?, ele pergunta. Ele nunca me chama de Anya, só quando está zangado.

Estou do seu lado, Alan, eu digo. Estou sempre do seu lado. Só quero saber como é que era isso.

sinceridade verdadeira?, recebe-se apenas uma expressão vazia. Verdade? O que é isso? Sinceridade? Claro que sou sincero — eu não disse que sou?

O dispendioso advogado americano ensina seus clientes não a apresentar verdadeiros (sinceros) pedidos de desculpas, nem a apresentar falsos (insinceros) pedidos de desculpas que terão o aspecto de verdadeiros (sinceros) pedidos de desculpas, mas simplesmente a apresentar pedidos de desculpas que não os deixarão expostos a um processo judicial. Aos olhos dele e aos olhos de seus clientes, um pedido de desculpas improvisado, não ensaiado, poderá ser excessivo, inadequado, mal calculado e, portanto, falso, ou seja, um pedido de desculpas que acaba custando dinheiro, sendo o dinheiro a medida de todas as coisas.

Jonathan Swift, devias estar vivo neste momento.

---

rança. Ela ainda tem seu velho poder de grudar. Seus três americanos — nunca vi os três, mas eles me cobrem de desonra mesmo assim. E

É verdade, eu estou do lado do Alan. Estou com o Alan, e estar com um homem quer dizer ficar do lado dele. Mas só que recentemente estou começando a me sentir esmagada entre ele e o Señor C, entre as certezas duras de um lado e as opiniões duras do outro, a ponto de algumas vezes eu sentir vontade de desistir e ir embora sozinha. Se você fica tão agitado com as opiniões de El Señor, eu queria dizer ao Alan, digite você, você digita as opiniões dele. Só que ele não ia se dar ao trabalho de digitar, ia simplesmente tirar a fita do gravador e jogar no lixo. *Besteira!* Ele ia gritar. *Errado! Errado! Errado!* O touro velho e o touro novo lutando. E eu? Eu sou a vaca nova que os dois estão tentando impressionar e que está ficando cheia da palhaçada deles.

22. Do asilo na Austrália

Faço o melhor que posso para entender o jeito australiano de lidar com refugiados, e não consigo. O que me deixa perplexo não são as leis em si que regem os pedidos de asilo — por duras que possam ser, pode-se considerá-las pelo menos plausíveis —, e sim o jeito como são implementadas. Como pode um povo decente, generoso, desinibido, fechar os olhos enquanto forasteiros que chegam às suas praias completamente indefesos e sem posses são tratados com tamanha dureza, com tão sombria insensibilidade?

Acho que a resposta é que o povo não fecha simplesmente os olhos. Acho que o fato é que se sentem desconfortáveis, até enojados, a ponto de, a fim de se preservar e preservar seu senso

---

eu ficaria muito surpreso que no mais fundo de você eles não continuem desonrando você.

Ele fala, diz o Alan, que se você se posiciona fora do discurso probabilístico as proposições probabilistas não fazem sentido. Até que é um argumento válido. Mas o que ele esquece é que num universo probabilista *não existe onde pisar fora da probabilidade*. Combina direitinho com a idéia dele de que os números significam outra coisa além deles mesmos, coisa que ele não consegue dizer o que é. O fato é que números são só números. Não querem dizer nada. São coisas práticas, são a prática da matemática. São o que a gente utiliza quando trabalha com matemática no mundo real. Olhe em volta. Olhe as pontes. Olhe o fluxo de tráfego. Olhe o movimento de dinheiro. Os números funcionam. A matemática funciona. A probabilidade funciona. É só disso que a gente precisa saber.

de decência, generosidade, desinibição, *et cetera*, têm de fechar olhos e ouvidos. Um modo natural de se comportar, um modo humano. Muitas sociedades do Terceiro Mundo tratam leprosos com igual insensibilidade.

Quanto às pessoas que criaram o atual sistema de refugiados e agora o administram, é realmente difícil encontrar um jeito de entender seu estado de espírito. Eles não têm dúvidas e arrependimentos? Talvez não. Se tivessem desejado desde o começo criar um sistema simples, eficiente e *humano* de processar refugiados, podiam certamente ter feito isso. O que criaram em vez disso é um sistema de intimidação e, de fato, um espetáculo de intimidação, que diz: *Este é o purgatório ao qual você estará sujeito se chegar à Austrália sem documentos. Pense duas vezes.* Sob esse aspecto, o Centro de Detenção Baxter, no meio do deserto sul australiano, não é diferente da baía de Guantánamo. *Atenção: isto é o que acontece com aqueles que atravessam a linha que traçamos. Atenção.*

Como prova de que o sistema funciona, as autoridades australianas apontam a diminuição do número do que chamam de "chegadas ilegais" desde que o sistema entrou em operação. E elas têm razão: como intimidação, seu sistema evidentemente funciona. Intimidação, de *timor*, temor.

Eu nunca havia pensado em Anya nem como dura nem como mole. Se pensava nela em termos materiais, era como doce: doce como oposto de salgado, ouro como oposto de prata, terra como oposto de ar. Mas agora, de repente, ela se tornava bastante pétrea, bastante

---

Você anda me espionando, Alan?, perguntei baixinho.

O Alan me fuzila com o olhar. Está maluca?, ele diz. Por que eu iria espionar você?

A gente se esquece de que a Austrália nunca foi uma terra prometida, um novo mundo, uma ilha paradisíaca que oferece sua abundância ao recém-chegado. Ela se desenvolveu a partir de um arquipélago de colônias penais pertencentes a uma coroa abstrata. Primeiro, você passava pelas entranhas do sistema judiciário; depois, era transportado para o fim do mundo. A vida nos Antípodas era para ser um castigo; não fazia sentido protestar que era desagradável.

Os refugiados de hoje se encontram exatamente no mesmo barco dos transportados de ontem. Alguém ou, mais provavelmente, algum comitê forjou um sistema para "processá-los". Esse sistema foi aprovado e adotado e agora é implementado impessoalmente, sem exceções, de maneira impiedosa, mesmo ditando que as pessoas devem ser trancadas por tempo indeterminado em celas em campos no deserto, humilhadas e levadas à loucura, depois punidas por enlouquecerem.

Assim como na baía de Guantánamo, o campo de detenção de Baxter (correção: a *instalação* Baxter) tem entre seus alvos a honra masculina, a dignidade masculina. No caso da baía de Guantánamo o que se pretende é que quando os prisioneiros finalmente venham à tona de seu encarceramento eles sejam apenas cascas de homens, fisicamente devastados; nos casos piores, Baxter está obtendo o mesmo efeito.

---

dura. De seus olhos saía um raio de pura raiva fria. *Não venha me dizer o que eu sinto!*, ela ciciou. Era miúda demais para ser régia, muito

---

O Alan é bom em muitas coisas, mas não para mentir. Eu percebo as mentiras dele toda vez, e ele sabe disso. Por isso olha para mim desse jeito: para me intimidar, para me assustar.

Eu nunca soprei uma única palavra para você sobre probabilidade até agora, eu digo. Então como você sabe o que o Señor C acha da probabilidade?

23. Da vida política na Austrália

Segundo Judith Brett, cuja recente investigação sobre a Austrália de John Howard eu estive lendo, o Partido Liberal Australiano, assim como Margaret Thatcher, não acredita na existência da sociedade. Quer dizer, há uma ontologia que declara que, a menos que você chute alguma coisa, essa coisa não existe. A sociedade, a seus olhos e aos olhos de Thatcher, é uma abstração inventada pelo sociólogos acadêmicos.[12]

O que os liberais acreditam existir são (a) o indivíduo, (b) a família e (c) a nação. A família e a nação são os dois agrupamentos objetivamente existentes (no sentido de serem chutáveis) em que se encaixam os indivíduos. À nação e à família o indivíduo pertence inelutavelmente, por nascimento. Qualquer outro agrupamento entre o nível de família e o nível de nação tem um caráter voluntário: assim como se pode escolher o time de futebol para o qual se torce, ou de fato preferir não torcer por nenhum time de futebol, também pode o indivíduo escolher sua religião e mesmo sua classe.

---

inadequadamente vestida também, mas ela se empinou em sua plena estatura de rainha. *Como pode saber!*

Eu nunca espionei você, o Alan berra. Eu nunca faria uma coisa dessas. Mas já que pergunta, vou te contar como eu sei. Tem um programa de informação no computador do apartamento dele. Que comunica para mim tudo o que ele está fazendo.

Talvez pareça haver algo ingênuo ou mesmo tapado na convicção de Howard de que, simplesmente por força de trabalho duro e economia, alguém possa deixar para trás suas origens e se juntar à grande não-classe australiana. Por outro lado, o que Howard vê como exclusivamente — e tipicamente — australiano é precisamente uma generalizada boa vontade que estimula as pessoas a se erguerem acima das circunstâncias em que nasceram (aqui o contraste que ele vê é com a pátria-mãe, a Grã-Bretanha, onde laços sutis prendem a pessoa à classe de seu nascimento). E a boa sorte de tempos prósperos parece confirmar a posição de Howard: uma boa parte dos australianos da classe média de hoje — classe média pelo critério econômico, que é tudo o que conta para os liberais — tem origem operária.

As limitações dessa atitude simplista para a sociedade emergem em questões de raça e cultura. Uma Austrália não racista é, aos olhos dos liberais, uma terra em que não existam barreiras a impedir uma pessoa de ascendência aborígine, ou de qualquer outra ascendência racial, de se tornar membro pleno da nação australiana e participante pleno ("atuante") da economia australiana. Tudo o que se precisa para adquirir pleno *status* australiano é energia, trabalho duro e fé em si próprio (individualmente).

Um otimismo similar e ingênuo reinou entre os brancos bem-intencionados da África do Sul depois de 1990, quando a

---

Na manhã seguinte, junto com o disquete de computador, havia um recado na minha caixa de correspondência escrito com sua cali-

---

Por um momento fico tão pasma que não consigo falar. Mas por que você faria uma coisa dessas?, pergunto afinal. E ele não usa computador, é muito ruim da vista. Achei que tinha contado para você. Por isso ele me contratou.

legislação da reserva de emprego baseada na raça foi abolida. Para aquela gente, o fim do *apartheid* significava que não haveria mais barreiras para indivíduos de qualquer raça realizarem seu pleno potencial econômico. Daí sua surpresa quando o Congresso Nacional Africano apresentou legislação que privilegiava os negros no mercado de trabalho. Para os liberais, não podia haver passo mais retrógrado, um passo de volta aos velhos dias em que a cor da pele da pessoa contava mais que formação escolar, aspirações ou empenho.

Os liberais, tanto da Austrália como da África do Sul, sentem que caberia ao mercado decidir quem deve subir e quem não. O papel do governo deve ser autolimitado: criar condições para que indivíduos possam levar ao mercado suas aspirações, seu empenho, seu treinamento e quaisquer outras formas de capital intangível que possuam, o qual então (este é o momento em que a filosofia econômica se transforma em fé religiosa) os recompensará mais ou menos na proporção de sua contribuição (de seu "insumo").

---

grafia gorda, bem escolar: *Esta é última digitação que posso fazer para o senhor. Não agüento mais o senhor acabando comigo. A.*

Bom, ele usa, sim, o computador. Isso eu sei com certeza. Usa todo dia. Usa para o e-mail. Tudo isso que você faz para ele vai para o disco rígido dele. Foi onde eu encontrei. Se ele falou para você que tem a vista ruim demais para digitar, é mentira. O que ele perdeu foi o controle da musculatura fina. Por isso ele é tão lento no teclado. Por isso a caligrafia dele parece de criança. Por isso ele contratou você. Para digitar para ele. Mas essa nunca foi a principal razão. Ele está obcecado por você, Anya. Não sei se você percebe isso. Não fique brava comigo. Não estou com ciúmes. Estamos num país livre. Ele pode ficar obcecado com o que quiser. Mas você tem de saber disso.

Embora eu tenha nascido antes disso, fui educado essencialmente na mesma escola de pensamento, com sua desconfiança do idealismo filosófico e das idéias em geral, seu individualismo feroz, sua estreita concepção de progresso pessoal e sua ética de trabalho duro. Tudo o que faltava em minha época era uma confiança otimista no mercado. O mercado, aprendi com minha mãe, era uma máquina escura e sinistra que triturava e engolia cem destinos para cada indivíduo de sorte que recompensava. A geração de minha mãe tinha uma atitude nitidamente pré-moderna em relação ao mercado: era uma criação do diabo; só os perversos prosperavam no mercado. Para o trabalho duro não havia certeza de recompensa nesta terra; mesmo assim, sem trabalho duro não haveria recompensa nenhuma, a não ser, claro, no caso dos maus, dos "bandidos". Era uma forma de pensar reforçada pelos romancistas de que mais gostavam: Hardy, Galsworthy, os naturalistas trágicos.

Daí a burra tenacidade com que persigo meus pequenos projetos até hoje. Acredito, teimosamente, que o trabalho é bom em si, atinja ou não resultados mensuráveis. Ao examinar minha vida, um economista racionalista daria um sorriso e sacudiria a cabeça.

"Somos todos participantes do mercado global: se não competirmos, pereceremos." O mercado é onde estamos, onde nos encontramos. Como viemos parar aqui não podemos perguntar. É como ter nascido num mundo em que não temos direito de escolha, de pais desconhecidos. Estamos aqui, só isso. Agora é nosso destino competir.

Coloquei o recado em cima da mesa na minha frente. Como eu

O que mais você está espionando, Alan, que não me contou? Ele fica quieto.

Para os verdadeiros crentes do mercado, não faz sentido dizer que você não sente prazer em competir com seus próximos e prefere se retirar. Pode se retirar, se quiser, dizem eles, mas seus concorrentes com toda certeza não se retirarão. Assim que você depuser as armas, será abatido. Estamos aprisionados inelutavelmente numa batalha de todos contra todos.

Mas com toda certeza Deus não inventou o mercado — Deus ou o Espírito da História. E se nós, seres humanos, o fizemos, não podemos desfazê-lo e refazê-lo com uma forma mais gentil? Por que o mundo precisa ser uma arena de gladiadores onde matamos ou morremos, em vez de, digamos, uma colméia ou um formigueiro intensamente colaborativos?

Em favor das artes ao menos pode ser dito que, embora todo artista batalhe pelo melhor, as tentativas de dar à esfera das artes a forma de uma selva competitiva encontrou pouco sucesso. Empresas gostam de financiar concursos nas artes, da mesma forma que estão mais dispostas ainda a destinar dinheiro a esportes competitivos. Mas, ao contrário dos esportistas, artistas sabem que a competição não é a coisa real, é só uma publicidade complementar. Os olhos dos artistas se voltam, em última análise, não para a competição, mas para o verdadeiro, para o bom e para o belo.

---

devia ler aquilo? Como um aviso de término de contrato de minha digitadora e nada mais? Como um pedido de socorro de uma jovem com a alma mais perturbada do que eu imaginara?

Está dizendo que ele escreve sobre mim em segredo? Você está lendo o diário particular dele? Porque, se estiver, isso realmente vai me deixar brava. Que confusão! Que confusão! Eu queria nunca ter me envolvido. Mas diga a verdade: você está xereteando as idéias particulares dele?

(Interessante como a marcha do individualismo mercenário nos empurra para o canto do idealismo reacionário.)

E o Partido Trabalhista Australiano? Depois de sofrer uma derrota eleitoral após outra, o PTA agora é criticado por recrutar sua liderança em uma casta política estreita demais, entre gente sem nenhuma experiência da vida fora da política e fora do partido. Não tenho dúvida de que essa crítica é justa. Mas o PTA não é, de forma alguma, único. Constitui uma falácia elementar concluir que como numa democracia os políticos representam o povo, os políticos são, portanto, pessoas representativas. A vida fechada de um típico político se aproxima muito da vida numa casta militar, ou na Máfia, ou nas gangues de bandidos de Kurosawa. Começa-se a carreira ao pé da escada, cumprindo ordens e espionando; quando se provou a própria lealdade, obediência e disposição de suportar as humilhações rituais, o sujeito é entronizado na gangue propriamente dita; portanto, a primeira obrigação dele é com o chefe da gangue.

....

Cara Anya, escrevi:

....

Estou cagando e andando para as idéias particulares dele. É em outras coisas que eu estou interessado.

No quê?

Alan se retorce como um menininho, mas a vergonha dele não desce muito fundo. Eu sei a infância que ele teve: solitária, insegura, desesperado para ser notado. Desde o momento em que me encontrou, ele exige elogios e atenção. É como se eu tivesse tomado o lugar da mãe dele. Agora ele está explodindo para contar esse segredo novo.

24. Da direita e da esquerda

Na semana que vem haverá eleição federal no Canadá e os conservadores estão cotados para ganhar. Estou pasmo com a guinada para a direita dos países do Ocidente. Nos Estados Unidos, o eleitorado tem diante de si o espetáculo ao qual a direita os conduzirá se tiver meia chance que seja, mas mesmo assim votam na direita.

O bicho-papão Osama bin Laden teve um sucesso maior do que jamais poderia imaginar. Armado com nada além de Kalashnikovs e explosivos plásticos, ele e seus seguidores aterrorizaram e desmoralizaram o Ocidente, levando nações ao pânico total. Para o traço brigão, autoritário, militarista da vida política ocidental, Osama foi um presente dos deuses.

Você se tornou indispensável para mim — para mim e para o atual projeto. Não consigo nem pensar em entregar o manuscrito a outra pes-

---

Nas finanças dele, ele diz. Eu falei para você. Saber o que vai acontecer com os bens dele quando ele morrer. Ele é um incompetente, Anya, um incompetente financeiro. Tem mais de três milhões de dólares — *três milhões!* — parados em cadernetas de poupança rendendo quatro e meio por cento de juros. Descontando os impostos, dá dois e meio por cento. Então, em termos reais, ele está de fato *perdendo* dinheiro todo dia. E sabe o que vai acontecer com esses três milhões quando ele morrer? Ele tem um testamento, datado de setem-

Na Austrália e no Canadá, os eleitorados se comportam como carneiros assustados. A África do Sul, onde o extremismo islâmico ainda ocupa um lugar no fim da lista de preocupações pública, começa a parecer um sensato irmão mais velho. Que ironia!

O que eu mais gostei na Austrália, quando visitei o país pela primeira vez, em 1990, foi o jeito como o povo se conduzia nos seus assuntos do dia-a-dia: com franqueza, honestidade, com um fugidio orgulho pessoal e uma reserva irônica igualmente fugidia. Agora, quinze anos depois, vejo o senso de si mesmo que personifica essa conduta descartado em muitas partes, como algo pertencente a uma Austrália do passado, hoje superada. Enquanto os fundamentos materiais das "velhas" relações sociais se desmancham diante de meus olhos, essas relações assumem o *status* de costumes, mais do que reflexos culturais vivos. A sociedade australiana pode nunca — graças a Deus! — vir a ser tão egoísta e cruel quanto a sociedade americana, mas ela parece estar indo como sonâmbula nessa direção.

....

soa. Seria como afastar um filho dos braços de sua mãe natural e deixálo sob os cuidados de uma estranha. Insisto, por favor, que reconsidere.

....

bro de 1990, nunca alterado, de acordo com o qual todas as suas posses — dinheiro, o apartamento e tudo o que há nele, mais os bens imponderáveis como copyrights — vão para a irmã dele. *Só que a irmã dele morreu há sete anos.* Eu verifiquei isso. E o herdeiro secundário é uma instituição de caridade, alguma organização, algum beco sem saída onde a irmã dele trabalhava, que reabilita animais de laboratório.

Animais de laboratório?

Estranho ver-se sentindo saudade de algo que nunca se teve, de que nunca se fez parte. Estranho ver-se com essa vontade de elogiar um passado que não se conheceu de fato.

Em sua recém-publicada história da Europa do pós-guerra, Tony Judt sugere que no século XXI a Europa pode substituir os Estados Unidos como modelo de prosperidade material, de políticas sociais esclarecidas e de liberdade pessoal para o resto do mundo. Mas até que ponto é forte o compromisso com a liberdade pessoal na classe política da Europa? Existem provas de que algumas agências de segurança européias estão colaborando ou estão em conluio com a CIA, a ponto de efetivamente prestarem contas a Washington. Na Europa oriental, alguns governos parecem estar no bolso dos Estados Unidos. Podemos contar que o estado de coisas dominante no Reino Unido de Tony Blair venha a se expandir: sentimento antiamericano no populacho, mas um governo que dança conforme a música ame-

---

Seu,
JC

Animais que foram usados em experiências de laboratório. Então, na verdade, o dinheiro vai para os animais. Todo ele. E é esse o testamento dele, ponto final! Como eu disse, nunca alterado. Os últimos desejos dele, aos olhos da lei.

Você viu o testamento?

Eu vi tudo. Testamento, correspondência anterior com o advogado, contas bancárias, senhas. Como eu disse, eu tenho esse programa de informação. Ele me passa. Para isso é que está lá.

ricana. Podemos até, no devido tempo, ver se reproduzir em parte da Europa o que existia na Europa oriental na época da URSS: um bloco de Estados nacionais cujos governos são, dentro de alguma definição de democracia, eleitos democraticamente, mas nos quais áreas-chaves da política são ditadas por um poder estrangeiro, nos quais a dissidência é amordaçada e as manifestações populares contra o poder estrangeiro suprimidas à força.

O ponto luminoso num quadro desanimador é fornecido pela América Latina, com a chegada ao poder de um punhado de governos socialistas-populistas. Em Washington, os alarmes devem estar soando: podemos esperar níveis crescentes de coerção diplomática, guerra econômica e subversão descarada.

Interessante que no momento histórico em que o neoliberalismo proclama que, tendo a política finalmente sido assimilada pela economia, as velhas categorias de esquerda e direita se tornaram obsoletas, pessoas de todo o mundo que sempre se contentaram em se considerar "moderadas" — isto é, contrárias aos excessos tanto da direita como da esquerda — estejam decidindo que, numa era de triunfalismo da direita, a idéia de esquerda seja preciosa demais para ser abandonada.

Era verdade? A Anya do 2514 seria em algum dos mais remotos sentidos a mãe natural da miscelânea de opiniões que eu estava pondo por escrito por encomenda de Mittwoch Verlag da Herderstrasse, Berlim? Não. As paixões e os preconceitos de onde brotavam minhas

---

Você instalou um *spyware* no computador dele?

Na visão ortodoxa, neoliberal, o socialismo entrou em colapso e morreu debaixo de suas próprias contradições. Mas será que não podemos considerar uma história alternativa, que o socialismo não entrou em colapso, mas foi espancado até cair no chão, que não morreu, mas foi morto?

Pensamos na Guerra Fria como um período em que a guerra real, a guerra quente, era mantida sob controle enquanto dois sistemas econômicos rivais, capitalismo e socialismo, competiam para ver quem conquistava os corações e mentes dos povos do mundo. Mas será que as centenas de milhares de homens e mulheres da esquerda idealista, talvez milhões, que foram presos, torturados e executados durante esses anos por causa de suas crenças políticas e atos políticos concordam com essa descrição dos tempos? Não havia uma guerra quente ocorrendo durante todo o tempo da Guerra Fria, uma guerra travada nos porões, nas celas de prisão e nas salas de interrogatório do mundo inteiro, na condução da qual despejaram-se bilhões de dólares, até ser finalmente vencida, até o atacado navio do idealismo socialista ceder e afundar?

....

opiniões estavam estabelecidos muito antes de eu pôr os olhos pela primeira vez em Anya, e eram agora tão fortes — isto é, tão assentados, tão rígidos — que a não ser por uma ou outra palavra aqui e ali não havia chance de que uma refração do olhar dela pudesse alterar seu ângulo.

....

Já te contei. Coloquei esse pacotinho de software no disco rígido dele dentro do que parece uma fotografia. É completamente invisível, a não ser que você saiba o que está procurando. Ninguém vai descobrir. E posso apagar à distância se eu quiser.

Mas o que isso tem a ver com você? Por que está interessado no testamento dele?

25. De Tony Blair

A história de Tony Blair podia ter saído direto de Tácito. Um rapaz comum de classe média baixa com todas as atitudes corretas (os ricos devem subsidiar os pobres, os militares devem ser mantidos com rédea curta, os direitos civis devem ser defendidos das invasões do Estado), mas sem nenhuma base filosófica e com pouca capacidade de introspecção, sem nenhuma bússola interna a não ser a ambição pessoal, que embarca na viagem da política, com todas as suas tramas de forças e acaba como um entusiasta da ambição empresarial e um laborioso macaco para os senhores de Washington, voltando um olho convenientemente cego (não vejo nenhum mal, não ouço nenhum mal) enquanto seus sombrios agentes assassinam, torturam e "desaparecem" com oponentes à vontade.

Em momentos privados, homens como Blair se defendem dizendo que seus críticos (sempre rotulados de críticos amadores) esquecem que neste mundo bem menos que ideal a política é a arte do possível. E vão mais longe: a política não é para medrosos, dizem, entendendo por medrosos as pessoas que relutam em trair princípios morais. Por natureza, a política é incompatível com a verdade, afirmam eles, ou pelo menos com a prática de dizer a verdade em qualquer circunstância. A história haverá de lhes dar razão, concluem — a história com sua visão mais ampla.

Opiniâtre, dizem em francês: obstinado, como pedra, teimoso.

Deixe eu fazer uma pergunta, Anya. Quem vai fazer melhor uso de três milhões de dólares: uma bando de ratos, gatos, cachorros e macacos que já estão com o cérebro bagunçado por experiências científicas e deviam agradecer uma eliminação humanitária, ou você e eu?

Houve tempo em que as pessoas que chegavam ao poder juravam a si mesmas praticar uma política da verdade, ou pelo menos uma política que se esquivasse da mentira. Fidel Castro pode ter sido um desses um dia. Mas como é breve esse momento. Logo as exigências da vida política dificultam isso e acabam por impedir o homem no poder de perceber a diferença entre verdade e mentira!

Assim como Blair, Fidel em particular haverá de ter dito: *Tudo bem você fazer as suas altas críticas, mas você não imagina a pressão sob a qual eu me encontrava.* É sempre o chamado princípio de realidade que essas pessoas invocam; as críticas a eles são sempre desprezadas como idealistas, pouco realistas.

O que as pessoas comuns se cansam de ouvir de seus governantes são declarações que nunca correspondem exatamente à verdade: um pouco menos que a verdade, ou talvez um pouco lateral à verdade, ou então a verdade com um giro que a faz oscilar. Eles sonham com o alívio da incessante prevaricação. Daí a sua fome (uma fome branca, admita-se) de ouvir o que pessoas articuladas de fora do mundo político — acadêmicos, religiosos, cientistas ou escritores — pensam sobre as questões públicas.

Mas como pode essa fome ser satisfeita por um mero escritor (para falar apenas de escritores), quando o alcance dos fatos do escritor é geralmente incompleto ou incerto, quando seu próprio acesso ao que se chama de fatos se dá provavelmente via mídia, dentro do campo de forças políticas, e quando, metade do tempo, ele está, por vocação, tão interessado no mentiroso e na psicologia da mentira quanto na verdade?

....

Bruno, em seu alemão, é mais diplomático. Ele ainda hesita entre cha-

....

Você e eu?

Isso mesmo: você e eu.

26. De Harold Pinter

Harold Pinter, ganhador do Prêmio Nobel de literatura de 2005, está doente demais para viajar a Estocolmo para a cerimônia. Mas, num discurso gravado, ele faz o que pode ser chamado com justiça de um ataque selvagem a Tony Blair por sua participação na guerra do Iraque, convocando-o a ser julgado como criminoso de guerra.

Quando alguém fala em seu próprio nome — isto é, não através de sua arte — para denunciar um ou outro político, usando a retórica da ágora, a pessoa embarca em uma disputa que provavelmente perderá, porque ocorre num terreno em que o oponente tem muito mais prática e conhecimento. "Claro que mr. Pinter ter direito a seu ponto de vista", será a resposta. "Afinal, ele goza as liberdades de uma sociedade democrática, liberdade que neste momento estamos lutando para proteger de extremistas."

---

mar estas pequenas excursões de *Meinungen* ou *Ansichten*. *Meinungen* são opiniões, diz ele, mas opiniões sujeitas a flutuações de humor.

Não estou dizendo você e eu, o que eu quero dizer é: o que esse dinheiro tem a ver com você e eu?

Então é preciso ter coragem para falar como Pinter falou. Quem sabe, talvez Pinter veja com bastante clareza que será matreiramente refutado, desacreditado, até ridicularizado. Apesar disso, ele desfere o primeiro tiro e se prepara para a resposta. O que ele fez pode ser temerário, mas não é covarde. E chega um momento em que o ultraje e a vergonha são tão grandes que todo calculismo, toda prudência, são superados e a pessoa precisa agir, isto é, falar.

....

As *Meinungen* que defendi ontem não são necessariamente as *Meinungen* que defendo hoje. *Ansichten*, ao contrário, são mais firmes, mais repensadas.

....

Vou usar esse dinheiro para alguma coisa, Anya. Botar para circular, só para variar, em vez de ficar dormindo numa conta de banco. Sobre três milhões eu posso conseguir catorze, quinze por cento, fácil. A gente ganha quinze por cento, devolve para ele os cinco por cento dele e fica com o resto como comissão, como fruto de trabalho intelectual. Isso dá trezentos mil por ano. Se ele viver mais três anos é um milhão. E ele não vai nem saber. No que lhe diz respeito, os juros vão continuar entrando a cada três meses.

27. Da música

Em salas de espera de médicos, há uns dez, vinte anos, o tédio era aliviado com música de fundo tranqüila: canções sentimentais da Broadway, clássicos populares como *As quatro estações* de Vivaldi. Hoje, porém, só se ouve a música mecânica, bate-estacas, preferida pelos jovens. Os mais velhos aceitam sem protestar: *faute de mieux* acabou virando a música deles também.

É pouco provável que a ruptura seja reparada. O ruim expulsa o bom: o que eles chamam de música "clássica" simplesmente não tem mais circulação cultural. Existe algo de interessante a ser dito dessa evolução ou só se pode lamentar baixinho?

....

Em nossa última comunicação ele estava tendendo a preferir *Meinungen*. Seis escritores diferentes, seis personalidades diferentes,

....

Você está indo depressa demais para mim. Como ele não vai saber, se os fundos de repente desaparecerem da conta de banco dele e forem para o mercado de ações?

Porque todos os extratos de banco, todas as comunicações eletrônicas dele vão chegar através de mim. Vão ser desviadas. Fazer um desvio. Eu ajeito assim. Enquanto durar.

A música expressa sentimento, quer dizer, ela dá forma e morada ao sentimento, não no espaço, mas no tempo. Na medida em que a música tem uma história que é mais que uma história de sua evolução formal, nossos sentimentos devem ter uma história também. Talvez certas qualidades de sentimento que encontram expressão na música do passado e que foram registradas, até onde a música pode ser registrada, em anotações no papel tornaram-se tão remotas que não conseguimos mais habitá-las como sentimentos, só podemos captá-las depois de longo treino na história e na filosofia da música, na história filosófica da música, na história da música enquanto história da alma que sente.

Com base nessa premissa, poder-se-ia seguir em frente para identificar qualidades de sentimentos que não sobreviveram até o século XXI de Nosso Senhor. Um lugar para começar seria a música do século XIX, uma vez que ainda existem alguns de nós para quem a vida interior do homem do século XIX não morreu definitivamente, ainda não.

Considere o canto. A arte do canto no século XIX é, em sua *kinaesthetic*, muito distante do canto de hoje. A cantora do século XIX era treinada para cantar do fundo de seu tórax (de seus pulmões, de seu "coração"), mantendo a cabeça erguida, emi-

---

diz ele: como podemos ter segurança da firmeza com que cada escri-

---

Você está louco! Se o contador dele desconfiar, ou se ele morrer e as propriedades forem para os advogados, eles vão chegar direto em você. Você vai para a cadeia. Isso acaba com a sua carreira.

tindo um tom grande e redondo do tipo que se propaga. É um modo de cantar que tenciona comunicar nobreza moral. Nas apresentações, que eram, evidentemente, sempre ao vivo, os espectadores viam encenado diante de seus olhos o contraste entre o mero corpo físico e a voz que transcende o corpo, emerge dele, sobe acima dele e o deixa para trás.

Assim, do corpo o canto nascia como alma. E esse nascimento ocorria não sem dor, não sem angústia: a ligação entre sentimento e dor era enfatizada com palavras como *passio, Leidenschaft*. O próprio som que a cantora produzia — redondo, ecoante — tinha uma qualidade reflexiva.

•

Que tolice cartesiana considerar o canto dos pássaros como gritos pré-programados emitidos por eles para anunciar sua presença ao sexo oposto e assim por diante! Cada canto de pássaro é uma liberação plenamente sentida do indivíduo no ar, acompanhado de tal alegria que mal conseguimos compreender. *Eu!* diz cada grito: *Eu! Que milagre!* Cantar libera a voz, permite que ela voe, expande a alma. No curso de um treina-

....

tor esposa suas opiniões? Melhor deixar aberta a questão. O que mais

....

Não vão chegar em mim. Ao contrário, vão chegar a uma fundação na Suíça que gerencia um grupo de clínicas de neurologia e dá bolsas para pesquisadores do mal de Parkinson; e se quiserem seguir a trilha mais ainda, vão dar em Zurique, numa *holding* registrada nas ilhas Cayman; e aí vão ser obrigados a desistir, uma vez que nós não temos nenhum tratado com as Cayman. Eu fico completamente invisível, do começo ao fim. Como Deus. E você também.

mento militar, por outro lado, as pessoas são treinadas no uso da voz de uma maneira rápida, uniforme, mecânica, sem pausa para pensar. Que estrago deve provocar na alma submeter-se à voz militar, incorporá-la como sua!

Lembro-me de um episódio ocorrido anos atrás na biblioteca da Universidade Johns Hopkins, em Baltimore. Ao fazer uma e outra pergunta à bibliotecária, cada pergunta minha arrancou dela uma resposta tão rápida e monocórdia que me deixou com a inquietante sensação de que eu falava não com um ser humano próximo, mas com uma máquina. De fato, a garota parecia ter orgulho de sua identidade maquinal, de sua auto-suficiência. Não havia nada que ela esperasse de mim na conversa, nada que eu pudesse dar a ela, nem mesmo o tranqüilizante momento de mútuo reconhecimento que duas formigas dão uma à outra quando roçam as antenas ao se cruzar.

interessa ao leitor, de qualquer forma, é a qualidade das próprias opi-

Suíça? Parkinson? É da doença de Parkinson que você está falando?

Doença de Parkinson. É com isso que ele está tão preocupado, o seu homem, o Señor C. Por isso ele precisa de uma secretária jovem de dedos ágeis. Por isso ele está com tanta pressa de terminar o livro dele. As opiniões dele. O adeus dele ao mundo. Então, com relação aos empecilhos de que você falou, mesmo que ele resolva empacotar logo, as contas dele vão estar perfeitamente em ordem. Os relatórios vão mostrar que o dinheiro dele virou uma doação filantrópica para pesquisas médicas. Eu elaborei toda uma correspondência de e-mails, com datas que vão até anos atrás, entre ele e os administradores da fundação suíça, pronta para ser colocada dentro do computador dele a qualquer momento.

Muito da feiúra da fala das ruas na América do Norte vem da hostilidade à canção, da repressão do impulso de cantar, circunscrição da alma. Na educação dos jovens da América do Norte, ao contrário, a inculcação de padrões mecânicos, militares, de discurso. Inculcar, *calx-calcis*, o calcanhar. Inculcar: repisar.

Claro que se pode ouvir discurso raquítico e mecânico no mundo inteiro. Mas o orgulho pelo modo mecânico parece ser unicamente americano. Pois na América o modelo do eu como um fantasma habitando uma máquina é quase inquestionável em nível popular. O corpo conforme é concebido na América, o corpo americano, é uma máquina complexa que compreende um módulo vocal, um módulo sexual e diversos outros, até um módulo psicológico. Dentro do corpo-máquina, o eu fantasma controla mostradores e aperta teclas, enviando comandos a que o corpo obedece.

....

niões — sua variedade, seu poder de surpreender, as maneiras como combinam ou não combinam com a reputação de seus autores.

....

E como você colocou esse seu *spyware* no computador dele?

Estava num dos disquetes que você deu para ele.

Então você me usou.

Atletas de todo o mundo absorveram o modelo americano de eu e corpo, presume-se que por causa da influência da psicologia americana do esporte (que "dá resultados"). Atletas falam abertamente de si mesmos como máquinas de uma variedade biológica que têm de ser alimentadas com nutrientes certos em quantidades certas a horas certas do dia, e "trabalhada" de diversas maneiras por seus treinadores para atingir um nível ótimo de performance.

Imagine como esses atletas fazem amor: atividade vigorosa seguida de uma explosão de orgasmo, racionalizado como uma espécie de recompensa para o mecanismo físico, seguida de um breve período de relaxamento durante o qual o supervisor-fantasma confirma que a performance atingiu o nível desejado.

•

Os velhos ainda perguntam queixosamente por que a música não pode continuar na tradição dos grandes compositores de sinfonias do século XIX. A resposta é simples. Os princípios que animavam aquela música estão mortos e não podem reviver. Não se pode compor uma sinfonia do século XIX que não se transforme numa instantânea peça de museu.

Eu discordo. *Ansichten* é a palavra que eu quero, digo eu, *Harte Ansichten*, se é que se pode dizer assim em alemão. *Feste Ansichten*,

---

Se eu não tivesse usado você, teria encontrado outro jeito. Não é um jogo, Anya. Estamos falando de uma quantia considerável de dinheiro. Não considerável ao máximo, mas assim mesmo bem considerável. E, antes de eu entrar em cena, ela estava sendo seriamente desperdiçada.

Brahms, Tchaikovsky, Bruckner, Mahler, Elgar, Sibelius compuseram dentro dos limites da forma sinfônica uma música de renascimento heróico e/ou transfiguração. Wagner e Strauss fizeram exatamente a mesma coisa com formas de sua invenção. A deles é uma música que repousa em paralelos entre a transmutação harmônica e temática de um lado e na transfiguração espiritual de outro. Caracteristicamente, a progressão se dá através de uma luta sombria na direção do esclarecimento — daí a nota de triunfo com que termina uma parte tão grande da música sinfônica dessa época.

Curioso, uma vez que o ideal de transformação espiritual se tornou tão estranho para nós, que a música de transformação ainda retenha parte de sua capacidade de nos comover, de criar um intenso sentimento de exaltação, emoção essa tão estranha em nossos dias.

....

diz Bruno. Deixe eu pensar mais um pouco. Deixe eu consultar os outros colaboradores.

....

Não é um jogo, diz o Alan. Eu concordo plenamente. Uma quantia considerável. Para valer. O Alan nunca esconde de mim que ele não acredita em preto e branco. É tudo um *continuum*, diz o Alan, todos os tons de cinza, desde os mais escuros de um lado até os tons mais claros do outro. E ele? Ele é um especialista na área intermediária, é assim que ele diz, nos tons de cinza que não são nem escuros nem claros. Mas, no caso do Señor C, me parece que ele está atravessando a linha do cinza para o preto, para o mais preto dos pretos.

Mais difíceis de estabelecer são os princípios que animam a música de nosso tempo. Mas podemos dizer com certeza que a qualidade de desejar, de idealismo erótico, tão comum na música romântica antiga, desapareceu, talvez para sempre, assim como a batalha heróica e o esforço pela transcendência.

Na música popular do século XX, ocorreu a descoberta de um novo enraizamento na experiência corporal. Olhando do século XXI para trás, vemos com surpresa como uma idéia ritmicamente simplória bastou primeiro para as cortes aristocráticas da Europa, depois para a classe média européia. As danças de corte de Rameau, Bach, Mozart, para não falar de Beethoven, soam bem pesadonas para o padrão de hoje. Já no final do século XVIII, os músicos estavam ficando mais inquietos quanto a esse estado de coisas, procurando ritmos de dança mais desafiadores para importar. Repetidamente eles mergulham na música do campesinato europeu, dos ciganos, dos Bálcãs, da Turquia, da Ásia central, para renovar os ritmos da alta música européia. A culminação dessa prática é o ostensivo primitivismo da *Sagração da primavera*, de Stravinsky.

O que começou a mudar desde que eu entrei na órbita de Anya não são tanto minhas opiniões em si, mas minha opinião sobre minhas opiniões. Quando eu leio o que apenas horas antes ela transcreveu de

---

Você já pensou bem nisso, Alan?, eu digo. Já pensou direitinho e tem certeza que quer continuar? Porque, francamente, não tenho certeza se quero embarcar com você.

Mas a renovação realmente grande da música popular acontece no Novo Mundo, através da música dos escravos que não perderam suas raízes africanas. Das Américas do Norte e do Sul, os ritmos africanos se espalham por todo o Ocidente. Não seria excessivo dizer que por intermédio da música africana os ocidentais começam a viver em e através de seus corpos de uma maneira nova. Os colonizadores acabaram colonizados. Mesmo um sujeito tão versátil ritmicamente como Bach se sentiria deslocado, como se estivesse num continente diferente, se nascesse nos dias de hoje.

A música romântica procura resgatar o estado de arrebatamento (que não é a mesma coisa que embevecimento), um estado de exaltação em que a casca humana é despida e a pessoa se transforma em puro ser ou puro espírito. Daí o contínuo *empenho* da música romântica: ela está sempre tentando ir mais adiante (não existe uma peça de Mendelssohn chamada "Nas asas da canção" — o poeta preso à terra ansiando levantar vôo?). É possível começar a entender a base do entusiasmo romântico por Bach. Caracteristicamente, Bach mostra como em quase

....

uma gravação de minha voz para um tipo 14 pontos, por breves momentos consigo ver essas minhas opiniões duras através dos olhos dela — ver como podem parecer estranhas e antiquadas para uma garota

....

Não estou pedindo para você embarcar comigo, meu bem. Eu posso fazer isso perfeitamente bem sozinho. Se você não gosta do que eu estou fazendo, então simplesmente esqueça que a gente teve esta conversa. Continue como antes. Digite para ele. Converse com ele. Seja boazinha. Seja gentil. Eu cuido do resto.

qualquer germe musical, por mais simples que seja, existem possibilidades infinitas de desenvolvimento. O contraste com os compositores mais populares de sua época é marcante: em Telemann, por exemplo, uma peça musical soa mais como o cumprimento de uma formatação do que como a exploração de um potencial.

Será demais dizer que a música que chamamos de romântica tem uma inspiração erótica — que ela incessantemente empurra para a frente, tenta fazer com que o ouvinte deixe para trás seu corpo para ser arrebatado (como se escutasse um canto de pássaro, um canto celestial), para se tornar uma alma viva? Se isso for verdade, então o erotismo da música romântica não poderia ser mais diferente do erotismo dos dias atuais. Em jovens amantes de hoje não se detecta nem o mais tênue lampejo daquela velha fome metafísica, cuja palavra de código para si mesma era desejo (*Sehnsucht*).

definitivamente moderna,[13] como os ossos de alguma estranha criatura extinta, meio pássaro, meio réptil, a ponto de se transformar em pedra. Lamentos. Fulminações. Maldições.

Esqueça esta conversa. Trezentos mil por ano, provavelmente não declarados, escorrendo para alguma conta do Alan. E quando o velho morrer, o dinheiro dele magicamente reaparece na conta dele, inteiro, o dinheiro de verdade, os números de verdade, não as ficções que o Alan vai estar passando para ele do apartamento 2514 lá em cima; enquanto ao mesmo tempo a fundação, a mítica fundação suíça,

28. Do turismo

Em 1904, aos dezenove anos, Ezra Pound matriculou-se num curso de provençal na Faculdade Hamilton, no estado de Nova York. Da Hamilton, ele foi para a Universidade da Pensilvânia prosseguir seus estudos lingüísticos. Sua ambição era se tornar um estudioso de literaturas românicas, especificamente da poesia do final da Idade Média.

Como campo de estudo, a literatura provençal estava mais na moda há cem anos do que está hoje. As pessoas de pendor humanista-secular ligavam o espírito da civilização ocidental moderna primeiro à Grécia, depois à França do século XII e à Itália do século XIII. Atenas definiu a civilização: a Provença e o *Quattrocento* redescobriram Atenas. Aos olhos de Pound, a Provença marcava um dos raros momentos em que vida, arte e impulso religioso se combinavam para elevar a civilização a um ponto de rico florescimento, antes das perseguições papais trazerem as velhas trevas.

Eu devia ter dado ouvidos a ela na questão da honra, deixar que ela obtivesse a vitória retórica que desejava. Ainda posso fazer isso: subir, bater na porta, dizer: *Você tem razão, eu concordo, a honra perdeu*

se retira para a neblina dos Alpes. É desonesto, sem dúvida nenhuma.

Em 1908, Pound foi pela primeira vez à Europa, onde se ocupou com assuntos literários enquanto prosseguia com sua exploração românica. Em 1912, embarcou numa expedição seguindo os passos de seus heróis trovadores. A primeira parte da excursão levava a Poitiers, Angoulême, Périgueux e Limoges. A segunda ia de Uzerche a Souillac, depois a Sarlat, Cahors, Rodez, Albi e Toulouse. De Toulouse, ele seguiu para Foix, Lavelanet, Quillan e Carcassonne, e daí para Béziers.

Seu plano era usar o material da excursão para um livro de viagem e história cultural a se intitular *Gironde*. Porém, a editora com a qual tinha contrato fechou e o livro nunca foi escrito. Tudo o que sobreviveu foram alguns cadernos, hoje na coleção da Yale, dos quais Richard Sieburth transcreveu e publicou excertos.

---

o poder, a desonra está morta, agora volte para mim. E talvez — quem sabe? — não fosse inteiramente mentira.

Talvez o que eu sinta caindo sobre mim quando me vejo confrontado com imagens, gravadas com lente zoom de muito longe, de homens com roupas cor de laranja, algemados e encapuzados, arras-

---

E em certo sentido é inofensivo também, contanto que o mercado de ações se comporte de acordo com o previsível, quer dizer, de acordo com as leis da probabilidade. Então o que eu estou tendo é um lampejo de como o Alan passa os dias: aplicando golpes desonestos, mas (esperemos que sim) inofensivos com o dinheiro dos outros? Será que eu estou passando a minha vida com um trapaceiro profissional? Será que a polícia um dia vai bater na porta e arrastar o Alan com o paletó por cima da cabeça? E do outro lado da rua os fotógrafos vão acampar para tirar uma foto da namorada do acusado?

Pound parece ter acreditado que não conseguiria apreciar devidamente a poesia trovadoresca enquanto não viajasse pelas estradas e visse as paisagens familiares a seus poetas. À primeira vista, isso parece razoável. O problema é que na poesia trovadoresca não aparecem as especificidades da paisagem. Encontramos, sim, pássaros e flores, mas são pássaros genéricos, flores genéricas. Sabemos o que os trovadores deviam ter visto, mas não sabemos o que eles viram.

Uma década atrás, seguindo os passos de Pound e seus poetas, viajei por algumas dessas mesmas ruas, particularmente (diversas vezes) a estrada entre Floix e Lavelanet, passando por Roquefixade. O que obtive fazendo isso não sei bem. Não sei bem nem mesmo o que meu ilustre predecessor pretendia obter. Nós dois partimos do princípio de que escritores que eram importantes para nós (para Pound, os trovadores; para mim, Pound) tinham efetivamente estado onde nós estávamos, em carne e osso; mas nenhum de nós dois pareceu ou parece capaz de demonstrar em nossa escrita por que ou como isso era importante.

tando os pés como zumbis atrás do arame farpado da baía de Guantánamo, não seja realmente desonra, a desgraça de estar vivo nesta época, mas alguma outra coisa, alguma outra coisa mais insignificante e mais controlável, algum excesso ou deficiência de aminas no córtex

Só cães e gatos, Anya, ele diz, andando em volta de mim, vindo por trás, me abraçando, falando baixinho no meu ouvido. Se der tudo errado, são só cães e gatos com sensores, sondas e fios pendurados neles. Que mal há nisso? O pior que pode acontecer, se acontecer algum problema que a gente não previu, é a gente simplesmente encerrar tudo e voltar tudo do jeitinho que estava antes.

Para mim, tudo que houve de extraordinário em ver Roquefixade pela primeira vez foi descobrir como Roquefixade era comum: só um ponto a mais no grande globo. Não me deu nenhum arrepio. Não detectei qualquer indício de que tenha dado arrepios em Pound também. As paisagens da excursão de 1912 que o impressionaram, que ficaram em sua memória e acharam expressão em sua poesia são bastante arbitrárias: uma escada anunciando uma trilha que não levava a lugar nenhum, por exemplo (veja os fragmentos que fecham o *Cantos*).

A natureza do turismo mudou desde 1912. A idéia de seguir os passos de X ou Y definhou à medida que os acontecimentos históricos foram se confundindo com a encenação de acontecimentos históricos, objetos ("históricos") antigos com simulacros de objetos antigos (Viollet-le-Duc reconstruindo as muralhas de Carcassonne). Ao circular pelas estradas da Languedoc, eu era provavelmente a única pessoa num raio de cento e cinqüenta quilômetros a estar, de alguma forma, prestando homenagem aos grandes mortos.

....

que poderia ser chamado em termos gerais de *depressão* ou ainda mais vagamente de *melancolia*, e poderia ser dissipado em questão de minutos com o coquetel certo dos produtos químicos X, Y, Z.

....

O pior que pode acontecer é muito pior do que isso, Alan. Como você mesmo veria se parasse para pensar.

Eu parei e pensei. Pensei muito e a fundo. Não consigo prever o que poderia acontecer que seja pior que o pior que eu planejei. Me esclareça.

29. Do uso do inglês

Algum tempo atrás, comecei a compilar uma lista de modismos do inglês atual. Encabeçando a lista estava a dupla antonímica *appropriate/inappropriate* [apropriado/inapropriado], a expressão *going forward* [indo adiante, ocorrendo] e a ubíqua expressão composta *in terms of* [em termos de].

Inappropriate, observei, tomou o lugar de *bad* [ruim] ou *wrong* [errado] no discurso de gente que quer expressar reprovação sem dar a impressão de estar expressando um julgamento moral (para essas pessoas, o julgamento moral deve ser evitado como *inappropriate*). Assim: "Ela declarou que o estranho a havia tocado *inappropriately*".

Quanto a *going forward*, que suplanta *in future* [futuro(a)] ou *in the future* [no futuro], é usado para sugerir que quem fala encara o futuro cheio de otimismo e energia. "Apesar dos números desanimadores desses três meses, esperamos uma rápida expansão *going forward*."

Eu devia revisar inteiramente minhas opiniões, isso é o que eu devia fazer. Devia refugar as mais velhas, as mais decrépitas, encontrar novas, modernas para substituí-las. Mas onde se vai para encontrar opiniões modernas? Procurar Anya?

Eu podia começar a olhar para você de um outro jeito. Já pensou nisso? Alan, estou te avisando formalmente: se você continuar com esse seu esquema, as coisas nunca mais vão ser as mesmas entre nós.

Menos fácil de explicar é a expressão-curinga *in terms of*: "Eles ganharam muito dinheiro *in terms of* (no lugar de *com*) propinas"; "Eles ganharam muito dinheiro *in terms of* (no lugar de *através de*) corrupção"; "Eles ganharam muito dinheiro *in terms of* (no lugar de *com*) investimentos inteligentes"; "Eles ganharam muito dinheiro *in terms of* (no lugar de *ao*) investirem com inteligência".

O raciocínio parece seguir assim. A forma lógica subjacente à frase declaratória é preposicional, quer dizer, a frase pode ser separada em um sujeito, mais um predicado que faz uma afirmação sobre o sujeito. O predicado pode ter uma quantidade de argumentos ligada a ele. Esses argumentos podem ou não assumir a forma de frases preposicionais. No caso de frases preposicionais, a preposição específica à cabeça da frase (na frase *com propinas* a preposição *com*) é mais ou menos determinada pela combinação do conteúdo semântico do verbo (*ganhar dinheiro*) com o resto da frase preposicional (*propinas*). A preposição em si carrega, assim, uma pequena carga informacional; pode também ser semanticamente nula.

....

Ou seu amante e guia moral, o corretor Alan? Pode-se comprar opiniões frescas no mercado? Permite-se a presença de velhos cambaleantes, de vista fraca e mãos artríticas no setor de compras, ou nós só atrapalhamos a circulação dos mais jovens?

....

Nós nunca brigamos, o Alan e eu, não a sério. Somos um casal equilibrado. Porque nós somos equilibrados, porque não temos nenhuma expectativa fora do comum, porque não exigimos nada fora do comum, nós temos uma relação que dá certo. Nós já rodamos por aí, nós

Com base nesse raciocínio, pode-se argumentar que existe de fato pouca procura por uma gama de preposições, cada uma com seu próprio significado: tudo o que precisamos é de um único marcador que sirva para tudo para anunciar o começo de uma frase preposicional. *In terms of* preenche essa função.

A fusão do velho repertório de preposições em uma única sugere que uma decisão ainda desarticulada foi feita por um corpo significativo de falantes do inglês: que o grau de especificidade exigido pelo uso aprovado do inglês é desnecessário para os propósitos estritos da comunicação e, portanto, que certo grau de simplificação faz parte.

Vemos um desenvolvimento comparável na simplificação da regra de concordância entre sujeito e verbo: "O medo de ataques terroristas estão afetando os projetos de viagem". A emergente nova regra de concordância parece ser que o número do verbo seja determinado não por seu sujeito, mas pelo número do substantivo mais próximo a ele. Podemos estar no caminho de uma gramática (uma gramática internalizada) na qual a idéia de *sujeito gramatical* não esteja presente.

PS, escrevi. *Uma notícia. Estou começando a escrever uma segunda série de opiniões, mais brandas. Será um prazer mostrá-las a você se isso convencê-la a voltar. Algumas partem de sugestões que você deu.*

---

dois, a gente sabe como é. Eu respeito o espaço dele, ele respeita o meu. Não piso no pé dele, ele não pisa no meu. Então o que está acontecendo com a gente agora? Escorregamos, sem querer, para a nossa primeira grande briga?

Minhas observações sobre esses desenvolvimentos de uso lingüístico cresceram a ponto de começarem a se transformar num ensaio. Mas em que tipo de ensaio eu estava envolvido: numa peça de análise lingüística objetiva ou numa velada diatribe sobre o declínio dos padrões? Será que eu conseguiria manter um tom de distanciamento acadêmico ou seria inelutavelmente dominado pelo espírito em que Flaubert escreveu seu *Dicionário de idéias recebidas*, um espírito de desdém impotente? Qualquer que fosse o caso, será que um ensaio publicado em um ou outro periódico australiano teria mais efeito no inglês cotidiano do que as notas altivamente desdenhosas de Flaubert tiveram nos hábitos de pensamento da burguesia de sua época? Pode-se realmente sustentar o argumento — um argumento caro aos corações de professores prescritivos — de que a confusão na ação pode ser resultante de confusão de pensamento, e confusão de pensamento de confusão lingüística? A maioria dos cientistas não escreve nada, porém em sua vida profissional quem pratica o pensamento exato melhor do que eles? A incômoda

Uma opinião branda sobre pássaros, por exemplo. Uma opinião branda sobre amor ou, pelo menos, sobre o beijo entre um cavalheiro e uma dama. Será que consigo convencê-la a dar uma olhada?

É como se o Alan lesse o que eu estou pensando. Isto é uma briga, Anya?, ele pergunta. Porque se é, não vale a pena. Eu desisto do plano, prometo, se você realmente quiser que eu desista. Só fique calma. Durma e pense. Reflita. Me diga amanhã o que você resolveu. Mas tenha em mente que são cães e gatos. E ratos. É a Liga Antivivis-

verdade (incômoda para quem tem algum investimento na correção lingüística) não será que as pessoas comuns usam a língua com a exatidão que sentem ser exigida pelas circunstâncias, que o teste que usam é se o interlocutor entende o sentido, que na maioria dos casos um interlocutor que compartilha a sua linguagem (seu dialeto social e profissional) pode rápida e facilmente e com sucesso compreender seu significado (que, de qualquer forma, nunca é muito complexo), e, portanto, que lapsos de concordância ou bizarrias de sintaxe (*"The fact is, is that..."* [o fato é, é que...]) não fazem nenhuma diferença na prática? Como dizem tantas vezes os falantes comuns quando as palavras começam a lhes fugir: "Está me entendendo?".

Olho os meus contemporâneos que envelhecem e vejo muitos deles consumidos pela ranzinzice, muitos a permitir que sua impotente perplexidade sobre o rumo que as coisas estão tomando se transforme no tema principal de seus anos finais. Nós não seremos assim, prometemos, cada um de nós: vamos seguir a velha lição do rei Canuto e nos retiraremos graciosamente antes da maré do tempo. Mas, sinceramente, às vezes é difícil.

....

A espera levou um dia inteiro — um dia durante o qual eu fiquei tão aflito que não escrevi nem uma palavra. A campainha tocou. Lá

....

secção da Austrália. É esse o nome. Não é a Unesco. Não é a Oxfam. São umas velhas num escritório de uma sala só em Surry Hills, com uma escrivaninha e uma máquina de escrever Remington, uma caixa de panfletos empoeirados e uma gaiola no canto cheia de ratos com fios saindo da cabeça. É contra elas que você está escolhendo lutar, não contra mim. São elas que você quer salvar. Três milhões de dólares. Elas não teriam a menor idéia do que fazer com o dinheiro. Se é que ainda existem. Se é que já não morreram.

30. Da autoridade da ficção

No romance, a voz que fala a primeira frase, depois a segunda, e assim por diante — chamemos de voz do narrador —, não tem, para começar, nenhuma autoridade. A autoridade tem de ser conquistada; sobre o autor romancista pesa o ônus de construir, do nada, essa autoridade. Ninguém é melhor na construção de autoridade do que Tolstói. Nesse sentido da palavra, Tolstói é um autor exemplar.

A morte do autor e da autoria anunciada por Roland Barthes e Michel Foucault há um quarto de século ruiu diante do argumento de que a autoridade do autor nunca passou de um saco de truques retóricos. Barthes e Foucault pegaram suas deixas de Diderot e Sterne, que há muito tempo transformaram num jogo a exposição das imposturas da autoria. Os críticos for-

estava ela, vestida de branco, os olhos baixos, braços cruzados ao peito. Minha querida Anya, eu disse, como fico contente de ver você!, e me afastei, tomando o cuidado de não estender a mão no caso de, como um pássaro arisco, ela fugir de novo.

Ratos. Não é que eu ligue para ratos. Nem para cães e gatos, em tese. E não é que o Señor C, saltitando no céu com suas asas novas e sua harpa, vá se importar com o que está acontecendo com sua ex-conta bancária. Mas mesmo assim. Mesmo assim, alguma coisa errada está acontecendo entre o Alan e eu. Eu me solto dos braços dele e olho para ele. Esse é o seu rosto verdadeiro, Alan?, pergunto. Me responda a sério. Essa é a pessoa que você é de verdade? Porque...

malistas russos dos anos 1920, com os quais Barthes em particular muito aprendeu, concentraram seus esforços em expor Tolstói, acima de todos os outros escritores, como um retórico. Tolstói passou a ser seu alvo exemplar porque a narrativa de Tolstói parecia muito natural, quer dizer, escondia muito bem a sua arte retórica.

Como uma criança da minha época, li, admirei e imitei Diderot e Sterne. Mas nunca desisti de ler Tolstói nem jamais consegui me convencer de que o efeito que ele exercia sobre mim era apenas conseqüência de sua habilidade retórica. Eu o lia com uma inquieta, até descarada absorção, do mesmo modo (agora acredito) que os críticos formalistas que ditavam as regras no século XX continuavam a ler em suas horas de folga os mestres do realismo: com uma culpada fascinação (a própria antiteórica teoria do prazer da leitura de Barthes foi, eu desconfio, elaborada para explicar e justificar o obscuro prazer que Zola lhe dava). Agora que a poeira assentou, o mistério da autoridade de Tolstói e o da autoridade de outros grandes autores permanecem intocado.

Estou perdoado?

Ele me interrompe. Não grita, mas tem um tremor na voz dele como se estivesse se controlando. Anya, estou abandonando a idéia aqui e agora, diz. Fim. Nada de discussão mais. Foi só uma idéia e agora acabou. Nada aconteceu. Ele pega minhas mãos, me puxa para mais perto, me olha fundo nos olhos. Faço qualquer coisa por você, Anya, ele diz. Eu te amo. Você acredita em mim?

Em seus últimos anos, Tolstói foi tratado não só como grande autor mas como uma autoridade na vida, um homem iluminado, um sábio. Seu contemporâneo Walt Whitman enfrentou destino semelhante. Mas nenhum dos dois tinha muita sabedoria a oferecer: sabedoria não era o negócio deles. Eram poetas acima de tudo; no mais, eram homens comuns, com opiniões falíveis, comuns. Os discípulos que enxameavam em torno deles em busca de iluminação parecem tristemente tolos, olhando-se hoje.

Os grandes autores são mestres em autoridade. Qual a fonte da autoridade ou do que os formalistas chamavam de efeito-autoridade? Se autoridade podia ser obtida simplesmente com truques de retórica, então Platão estava, sem dúvida, justificado de expulsar os poetas de sua república ideal. Mas e se a autoridade puder ser obtida apenas com a abertura do eu do poeta a alguma força superior, cessando de ser si mesmo e começando a vaticinar?

O deus pode ser invocado, mas não vem necessariamente. *Aprenda a falar sem autoridade*, diz Kierkegaard. Ao copiar aqui as palavras de Kierkegaard, transformo Kierkegaard em autoridade. Autoridade não se ensina, não se aprende. O paradoxo é verdadeiro.

Não é questão de perdão, ela disse, ainda evitando meus olhos. Eu disse que ia digitar o livro para o senhor e sempre faço o que digo.

Balanço a cabeça que sim. Mas não é verdade. Só metade de mim acredita nele. Acredito nele só metade. A outra metade é escuridão. A outra metade é um buraco negro no qual um de nós dois está caindo, e espero que não seja eu.

Diga em voz alta, ele pede. Diga direito. Você acredita em mim?

Acredito em você, eu digo, e deixo que ele me pegue nos braços outra vez.

31. Do pós-vida

Uma maneira de dividir as religiões do mundo é entre aquelas que vêem a alma como uma entidade duradoura e as que não vêem. Nas primeiras, a alma, aquilo que chamamos de "eu", continua a existir depois que o corpo morre. Nas últimas, o "eu" cessa de existir e é absorvido em alguma alma maior.

O cristianismo fornece apenas um muito hesitante relato da vida da alma após a morte do corpo. A alma estará eternamente na presença de Deus, ensina o cristianismo; além disso, nada sabemos. Às vezes, nos é prometido que no pós-vida nos reencontraremos com nossos entes queridos, mas essa promessa tem pouco suporte teológico. No mais, são apenas vagas imagens de harpas e coros.

É bom mesmo que a teoria cristã do pós-vida seja tão esquemática. Chega ao céu a alma de um homem que tem muitas esposas e amantes; e cada uma dessas esposas e amantes tem uma porção de maridos e amantes; e cada um desses maridos e amantes... Para as almas desta galáxia, o que constituirá reencontro com seus entes queridos? Será que a alma-esposa terá de passar a eternidade não apenas com seu amado alma-esposo mas também com a detestada alma-amante que era a co-amada de seu marido no reino temporal? Será que os que amaram muitos terão um pós-vida mais rico do que os que amaram poucos? Ou os novos entes queridos serão definidos como aqueles que amamos em nossos últimos dias na terra, e apenas eles? Nesse caso, aqueles de nós que passaram seu último dia em dor, terror e solidão, sem o luxo de amar nem ser amado, enfrentarão a eterna solidão?

Como um teórico do pós-vida, o teólogo sem dúvida responderá que é impossível sabermos o tipo de amor que sentiremos no além sendo quem somos agora, do mesmo modo que é impossível sabermos que tipo de identidade teremos, assim como nosso modo de associação com outras almas; portanto o melhor é parar de especular. Mas se "eu" na próxima vida terei um tipo de existência que "eu" como sou hoje sou incapaz de compreender, então as igrejas cristãs deviam se livrar da doutrina da recompensa divina, da promessa de que o bom comportamento na vida presente será recompensado com plenitude celestial na próxima: seja quem eu for agora, não serei esse eu no futuro.

A questão da persistência da identidade é ainda mais crucial para a teoria do castigo eterno. Ou a alma no inferno tem uma lembrança de sua vida anterior — uma vida dissipada —, ou não tem. Se não tem tal lembrança, então a danação eterna deve parecer a essa alma a pior e mais arbitrária injustiça do universo, prova efetiva de que o universo é mau. Só a lembrança de quem eu fui e de como passei minha vida na terra permitirá a existência daqueles sentimentos de infinito arrependimento que dizem ser a quintessência da danação.

É surpreendente que a noção de pós-vida individual persista em versões intelectualmente respeitáveis do cristianismo. É tão evidente que ela preenche um vazio — a incapacidade de pensar um mundo do qual o pensador está ausente — que a religião devia simplesmente considerar essa incapacidade como parte da condição humana e parar por aí.

A persistência da alma em uma forma irreconhecível, desconhecida para si mesma, sem memória, sem identidade, é outra questão inteiramente diferente.

2: SEGUNDO DIÁRIO

01. Um sonho

Um sonho perturbador na noite passada.

Eu tinha morrido, mas não havia ainda deixado este mundo. Estava na companhia de uma mulher, uma mulher viva, mais jovem que eu, que tinha estado comigo quando morri e que entendia o que estava acontecendo comigo. Ela fazia o possível para abrandar o impacto da morte, me protegendo de outras pessoas, pessoas que não ligavam para mim no estado em que eu estava e queriam que eu partisse imediatamente.

Apesar de protetora, essa jovem mulher não mentiu para mim. Ela deixou bem claro que eu não podia ficar; e, de fato, eu sabia que meu tempo era curto, que tinha um ou dois dias, no máximo, que não adiantava protestar, nem chorar, nem me apegar, que aquilo não ia mudar.

....

Uma batida na porta ontem de manhã. O zelador, Vinnie, com seu bonito uniforme azul. Um recado para a senhora, diz ele. Um recado?, pergunto. Do cavalheiro do 108, diz ele. Em mãos?, pergunto. Em mãos, diz Vinnie, que não é nenhum bobo. Que estranho, eu digo.

O recado, que podia muito bem ter sido colocado em nossa caixa de correio ou substituído por um simples telefonema, mas não, o Señor C não acredita em telefone, diz assim: *Boa notícia. Acabei de mandar o manuscrito em que você e eu trabalhamos durante tanto tempo. Isso pede uma comemoração. Então convido você e seu marido para drinques e canapés em minha casa amanhã à noite, sexta-feira, por volta das 19 horas. Bufê a cargo do excelente pessoal do Federico. Atenciosamente, JC. P.S.: Espero que não seja repentino demais.*

No sonho, eu vivi o primeiro dia de minha morte buscando cuidadosamente sinais de que meu corpo morto estava fraquejando. Houve um tênue tremular de esperança quando vi que eu me saía bem com as exigências do dia-a-dia (eu, porém, tomava o cuidado de não me esgotar).

Então, no segundo dia, enquanto estava urinando, vi o fluxo passar de amarelo para vermelho e entendi que era tudo verdade, que aquilo não era um sonho, por assim dizer. Um pouco depois, como se eu estivesse fora do meu corpo, me ouvi dizer: "Não posso comer esta massa". Empurrei o prato à minha frente e entendi, ao fazer isso, que se não podia comer massa, não podia comer nada. Na verdade, a interpretação que dei às minhas palavras era a de que meus órgãos internos estavam deteriorando irremediavelmente.

Foi nesse ponto que acordei. Entendi de imediato que estivera sonhando, que o sonho tinha durado um tempo considerável, no mesmo ritmo de sua narração, que era um sonho sobre minha própria morte, que eu tinha sorte de ter sido capaz de acordar dele — *ainda tenho tempo*, sussurrei para mim mesmo —, mas que eu não ousava voltar a dormir (embora estivesse no meio da noite), uma vez que voltar a dormir seria voltar ao sonho.

....

Mostrei o recado ao Alan. Devo recusar?, perguntei. Posso ser franca com ele. Conquistei isso. Posso dizer desculpe, nós vamos nos sentir deslocados, não vamos nos divertir.

Não, replicou o Alan. Nós vamos. Ele fez um gesto, nós fazemos um gesto de retribuição. Isso é civilizado. É assim que funciona a civilidade. Você tem relações com as pessoas mesmo que não goste delas.

Uma idéia intrigante: escrever um romance da perspectiva de um homem que morreu, que sabe que lhe restam dois dias antes de ele — isto é, seu corpo — encovar e começar a apodrecer e a cheirar, que não espera conseguir nada nesses dois dias a não ser viver um pouco mais, cujos momentos são coloridos, todos, de tristeza. Algumas pessoas do mundo dele simplesmente não o vêem (ele é um fantasma). Algumas têm consciência dele; mas ele emana um ar de superfluidade, sua presença as irrita, elas querem que ele vá embora e as deixe prosseguir com suas vidas.

Uma delas, uma mulher, tem uma atitude mais complexa. Embora lamente que ele esteja partindo, embora entenda que ele esteja passando por uma crise de despedida, ela concorda que seria melhor para ele e para todo mundo se aceitasse seu fardo e partisse.

Um título como “Desolação”. A pessoa se apega à convicção de que alguém, em algum lugar, a ama o suficiente para a ela se apegar, para impedir que seja levada. Mas a convicção é falsa. Todo amor é moderado, no fim. Ninguém irá com ninguém.

Não entendo como você pode não gostar do Señor C a esse ponto, se nunca conversou de verdade com ele.

Porque conheço ele. Conheço o tipo dele. Se o seu Señor C fosse ditador por um dia, seu primeiro ato seria me colocar diante do muro e me fuzilar. Isso não é motivo bastante para não gostar de alguém?

A história de Eurídice tem sido mal entendida. O verdadeiro assunto da história é a solidão da morte. Eurídice está no inferno em sua mortalha. Ela acredita que Orfeu a ama a ponto de vir salvá-la. E Orfeu de fato vem. Mas no fim o amor que Orfeu sente não é forte o bastante. Orfeu deixa para trás a sua amada e volta à sua vida.

A história de Eurídice nos relembra que, a partir do momento da morte, perdemos todo o poder de eleger nossos companheiros. Somos levados num vórtice para o destino a nós reservado; não nos compete decidir ao lado de quem passaremos a eternidade.

A visão grega do além-túmulo me parece mais verdadeira do que a visão cristã. O além-tumulo é um lugar triste e parado.

Por que ele faria isso? Por que ele ia querer fuzilar você?

Primeiro, porque gente como eu tomou o mundo de gente como ele, o que foi muito bom, e, segundo, porque deixaria você sem nenhuma proteção contra o desejo senil dele.

Não seja bobo, Alan. Ele quer me fazer carinho no colo. Ele quer ser meu avô, não meu amante. Vou dizer para ele que não. Vou dizer que não podemos ir.

Não, de jeito nenhum. Nós vamos.

Você quer ir?

Eu quero ir.

02. Da correspondência de fãs

Na correspondência de hoje, um pacote, postado em Lausanne, contendo uma carta manuscrita de umas sessenta páginas na forma de um diário. A autora, uma mulher, anônima, começa me elogiando por meus romances, depois fica mais crítica. Eu não entendo nada de mulheres, diz ela, principalmente da psicologia sexual das mulheres. Devia me restringir a personagens masculinos.

Ela narra uma lembrança guardada de sua infância, de seu pai examinando secretamente seus genitais enquanto ela está deitada na cama, fingindo dormir. Ao olhar para trás, diz, ela entende que esse episódio moldou toda a sua vida, tornando impossível para ela um sentimento sexual recíproco e plantando uma semente de vingança contra os homens em seu coração.

....

Então nós fomos. Esperávamos uma multidão. Esperávamos a Sydney literária. Nos vestimos bem. Mas quando a porta abriu, lá estava o Señor C com seu velho paletó fedido. Ele apertou a mão do Alan. Que bom que você veio, disse. Discretos dois beijinhos para mim, um beijinho de cada lado. Ao fundo, uma moça de preto com avental branco e uma bandeja, para lá e para cá. Uma champanhe, disse o Señor C.

Três taças. Nós somos os únicos convidados?

O fim de um túnel, o Señor C disse ao Alan. Nem posso dizer o conforto e apoio que a sua Anya foi durante essa passagem escura.

A autora parece estar no fim da meia-idade. Há menção a um filho de seus trinta anos, mas nenhuma menção a um marido. O documento é dirigido nominalmente a mim, mas depois de algumas páginas poderia ser dirigido a qualquer um no universo, qualquer um disposto a ouvir seus gritos. Considero o texto como uma carta numa garrafa, não a primeira a vir parar em minha praia. Geralmente as autoras (só mulheres remetem essas cartas) dizem que me escrevem porque meus livros falam diretamente a elas; mas logo vem à tona que o livro fala apenas do jeito que estranhos cochichando juntos podem parecer estar cochichando sobre alguém. Quer dizer, há um elemento de desilusão na declaração, e de paranóia no modo de ler.

....

É interessante quando homens representam um para o outro. Eu vejo isso com os amigos do Alan também. Quando o Alan me leva para alguma reunião no escritório, os amigos dele não dizem *Que gostosona que você tem! Que peitos! Que pernas! Me empreste por uma noite! Pode ficar com a minha!* Eles não dizem isso, mas é o que fica piscando entre eles. Perdi a conta de quantas propostas veladas e não tão veladas eu recebi dos caras que o Alan chama de amigos, não na frente do Alan, mas que o Alan sabe mesmo assim, em algum nível, porque é para isso que eu sirvo, por isso é que ele me compra roupas novas e me leva com ele; por isso também que ele fica tão tesudo comigo depois, quando ainda consegue me ver pelos olhos dos outros homens, como alguma mulher nova, sedutora, ilícita.

A mulher de Lausanne reclama acima de tudo de solidão. Ela criou um ritual protetor para si mesma: retira-se para a cama à noite com música tocando ao fundo e fica deitada comodamente lendo um livro, imersa no que diz a si mesma ser a plenitude. Então, ao começar a refletir sobre sua situação, a plenitude se transforma em inquietação. Será que isso é mesmo o melhor que a vida pode dar?, ela pergunta a si mesma — ficar na cama sozinha com um livro? Será assim uma coisa tão boa ser uma cidadã confortável, próspera, de uma democracia modelo, segura em sua casa no coração da Europa? Involuntariamente, ela fica mais e mais agitada. Levanta-se, veste o penhoar e os chinelos, pega a caneta.

A gente colhe o que semeia. Escrevo sobre almas inquietas, almas em torvelinho respondem meu chamado.

....

Então o Señor C, que tem setenta e dois anos e está perdendo o controle muscular fino e provavelmente faz xixi na calça, diz *Que conforto e apoio a sua Anya foi!*, e o Alan lê na mesma hora o que isso quer dizer em código de meninos: *Obrigado por deixar sua namorada me visitar e alisar os quadris na minha frente e exalar seu aroma em minhas narinas; sonho com ela, tenho desejo por ela do meu jeito senil, que homem você deve ser, que garanhão, ter uma mulher como essa!* É, o Alan responde, ela é muito boa no que faz; e o Señor C pega a insinuação imediatamente, como era de se esperar.

03. Meu pai

Os últimos pacotes chegaram ontem de seu local de armazenagem na Cidade do Cabo, sobretudo livros para os quais eu não tinha lugar e papéis que havia relutado em destruir.

Entre eles estava uma caixinha de papelão que veio para minhas mãos quando meu pai morreu trinta anos atrás. Ainda há nela um rótulo, escrito pelo vizinho que embalou os pertences dele: "ZC — objetos variados das gavetas". Continha lembranças de seu período com as Forças Armadas da África do Sul no Egito e na Itália durante a Segunda Guerra Mundial: fotografias dele com amigos soldados, insígnias e fitas, um diário interrompido depois de poucas semanas e nunca retomado, esboços a lápis de monumentos (a Grande Pirâmide, o Coliseu) e paisagens (o vale do Pó); também uma coleção de panfletos de propaganda alemã. No fundo da caixa, uns papéis avulsos de

---

A garota de avental acabou sendo a totalidade do bufê do Federico. Quando ela trouxe os canapés, Alan já tinha tomado duas taças de champanhe, e isso marcou o padrão da noite. Eu parei de beber logo e o Señor C não bebeu nada; mas durante o jantar (codorna assada com vegetais *baby* seguido de zabaione, só que o Señor C não comeu a codorna, comeu uma tartelete de nozes e tofu), Alan fez sérias incursões ao vinho de syrah.

Então, Juan, ele falou (Juan? — era a primeira vez que eu ouvia chamarem o Señor C assim), tem alguma proposta em mente?

seus últimos anos, inclusive palavras rabiscadas num pedaço de papel rasgado: "Dá para fazer alguma coisa estou morrendo".

O *Nachlass* de um homem que exigiu pouco da vida e recebeu pouco, um homem que, não industrioso por natureza — *tranqüilo* seria a palavra mais gentil —, mesmo assim se resignou, depois da meia-idade, a um *round* de trabalho chato com pouca variedade. Membro da geração para cuja proteção e benefício foi criado o *apartheid*; porém, como foi parco o seu ganho com isso! Seria preciso um coração muito duro de fato, no Dia do Juízo Final, para atirá-lo no poço do inferno reservado aos comerciantes de escravos e exploradores.

....

Proposta?

É, alguma proposta. Uma reuniãozinha íntima, só nós três — deve ter alguma coisa em mente.

Não, nada, só uma pequena comemoração.

Eu percebi o que estava acontecendo. Pegue sempre a outra parte no contrapé, essa era a regra número um de Alan ao negociar.

E o seu próximo livro — o que vai ser?

Nenhum plano de próximo livro ainda, Alan. Estou suspendendo as atividades por enquanto, para reestruturar. Depois veremos o que será possível no futuro.

Como eu, ele não gostava de atritos, de explosões, de manifestações de raiva, preferia se dar bem com todo mundo. Nunca me contou o que pensava de mim. Mas no fundo secreto de seu coração tenho certeza de que não tinha mui alta opinião. Uma criança egoísta, ele devia pensar, que se transformou em um homem frio; e como posso negar isso?

Enfim, ele aqui está reduzido a esta lamentável caixinha de lembranças; e aqui estou eu, seu guardião, a envelhecer. Quem vai guardar isto quando eu for embora? O que vai ser disto aqui? A idéia me aperta o coração.

....

Então não tem mais uso para a minha dama aqui. Que pena. Você e ela estavam se dando tão bem. Não estavam, Anya?

Alan, eu disse. Quando fica chateado, o Alan bebe pesado, como costumava fazer quando era estudante, sem finesse, para arrebentar. Não tento pôr nenhum limite nele porque sei que não funciona, uma vez que a coisa é voltada para mim: fui eu que coloquei o Alan nessa situação, então eu que me dane, tenho de pagar por isso.

04. *Insh'Allah*

"Sob o signo da morte." Por que cada pronunciamento nosso não vem acompanhado de um lembrete de que daqui a não muito tempo teremos de dizer adeus a este mundo? As convenções do discurso exigem que a situação existencial do escritor, que igual a de todo mundo é perigosa, e o é a todo momento, fique entre parênteses no que ele escreve. Mas por que temos sempre de nos curvar à convenção? Por trás de cada parágrafo o leitor devia ser capaz de ler a música da alegria presente e da tristeza futura. *Insh'Allah.*

....

Minha adorável dama, ele continuou. Que tem tanto tempo livre atualmente que não sabe o que fazer com ele. Que se jogou mesmo de corpo e alma no trabalho que fez para você. Antes de você ter o seu pequeno contratempo. Mas você provavelmente não notou.

Notei, sim, disse o Señor C. Anya deu uma contribuição real, tangível. Eu fico muito grato.

Você confia nela, não confia?

Alan, eu disse.

Por que não saímos da mesa?, disse o Señor C. Por que não vamos nos sentar?

05. Da emoção de massa

A quinta e última disputa de críquete entre a Inglaterra e a Austrália terminou ontem, e a Inglaterra venceu. Entre os espectadores no campo (o Oval, em Londres) e nos pubs em torno, houve cenas de júbilo, com as pessoas cantando espontaneamente "Land of hope and glory" etc. Neste momento, os jogadores do time de críquete da Inglaterra são heróis nacionais, festejados por toda parte. Serei o único a detectar em seu comportamento diante das câmeras uma vaidade feia, um convencimento de rapazes não muito inteligentes cuja cabeça virou com o excesso de adulação?

Vi Anya pela última vez na manhã da fatídica comemoração em que aquele noivo ou protetor dela, ou seja lá o que for, usou a noite para me insultar e envergonhá-la. Ela veio se desculpar. Sentia muito pelos dois terem arruinado a noite, disse. Alan estava com o diabo —

Eram quase nove horas. A gente podia ter ido embora. Mas o Alan não estava pronto para ir embora. O Alan estava começando a esquentar. Com um copo numa mão e uma garrafa de vinho cheia na outra, ele sentou pesadamente numa poltrona. Ele não faz exercício. Tem

Por trás dessa postura ranzinza existe, em certa medida, preconceito e até confusão. Embora eu tenha entrado em minha oitava década, ainda não consigo entender como as pessoas conseguem ao mesmo tempo se destacar em feitos atléticos e ser moralmente comuns. Quer dizer, apesar de toda uma vida escolada em ceticismo, eu ainda pareço acreditar que excelência, *areté*, é indivisível. Que estranho!

Na infância, quase na mesma hora em que aprendi a jogar uma bola, o críquete me dominou, e não apenas como jogo, mas como ritual. Essa dominação não parece ter se abrandado mesmo agora. Mas uma questão me intrigou desde o começo: como uma criatura do tipo que eu pareço ser — reservado, quieto, solitário — poderia ser boa num jogo em que outro tipo de personalidade parece se destacar: direto, irrefletido, agressivo.

---

foi a expressão que ela usou — e quando Alan estava com o diabo, não havia o que o detivesse. Penso, disse eu, que se Alan é que estava com o diabo, então Alan é que devia se desculpar, não a sua dama. O Alan nunca pede desculpas, disse sua dama. Bem, eu disse, em termos de semântica, alguém pode se desculpar de verdade em nome de alguém que não está a fim de pedir desculpas? Ela encolheu os ombros. Vim dizer que sinto muito, disse ela.

---

só quarenta e dois anos, mas quando bebe fica congestionado e respira pesado, como um homem que sofre do coração.

Pois devia, devia, disse o Alan. Confiar nela, eu quero dizer. Sabe por quê? Porque sem você saber, ela salvou você. Ela salvou você da

Cenas de comemoração de massa, tais como as que ocorreram na Inglaterra, me dão um lampejo do que perdi na vida, do que me excluí ao insistir em ser o tipo de criatura que sou: a alegria de participar (de fazer parte de) uma massa, de ser arrebatado pelas correntes de sentimento de massa.

Que conclusão a chegar para alguém que nasceu na África, onde a massa é a norma, e o solitário, a aberração!

Quando jovem, nunca, por um momento, me permiti duvidar de que só de um ser descompromissado com a massa e crítico da massa poderia emergir a verdadeira arte. A arte que possa ter surgido de minhas mãos de um jeito ou de outro expressou e até mesmo glorificou esse descompromisso. Mas que tipo de arte tem sido essa, afinal? Arte que não tem grande alma, como diriam os russos, à qual falta generosidade, que não celebra a vida, à qual falta amor.

....

E o futuro?, perguntei. Vai ficar com esse homem que não pede desculpas para mim e é de se supor que não peça desculpas a você?

....

depredação (ele enunciou a palavra sílaba por sílaba, como se quisesse mostrar como estava com a cabeça limpa) de um malfeitor sem nome. Que vai continuar sem nome. Que ia roubar tudo o que é seu.

06. Do tumulto na política

Semanas atrás, visitei a Biblioteca Nacional de Canberra para fazer uma leitura pública. Como prefácio à leitura, fiz algumas observações sobre a iminente legislação de segurança. Essas observações foram reproduzidas adulteradas na primeira página do jornal *The Australian*. Citaram-me como se eu tivesse dito que meu romance *À espera dos bárbaros* "brotou de uma África do Sul dos anos 1970, onde a polícia de segurança podia entrar, sair, verberar [*sic*: a palavra que usei foi *vendar*] e algemar você sem explicar por que e levar embora para algum lugar indeterminado e fazer com você o que quisesse". A polícia, disseram que eu disse, "podia fazer o que quisesse porque não havia recurso real contra ela devido a certas medidas especiais da legislação que já antecipadamente a justificava". Em lugar de *real* leia-se *legal*.

O Alan e eu vamos dar um tempo separados, ela replicou. Uma separação experimental, acho que se pode dizer assim. Eu vou para Townsville passar um tempo com minha mãe. Vou ver o que eu sinto quando as coisas esfriarem, se eu quero voltar. Pego o avião hoje à tarde.

É mesmo?, disse C, que não tinha como adivinhar do que o Alan estava falando; estava provavelmente imaginando um vulto mascarado com uma arma numa viela escura.

Continuando, mencionei — mas isto não foi publicado — que qualquer jornalista que noticiasse um desaparecimento desses podia ser preso e acusado de colocar em risco a segurança do Estado. "Tudo isso e muito mais, no *apartheid* da África do Sul", concluí, "era feito em nome da luta contra o terrorismo. Eu pensava que as pessoas que criavam essas leis que efetivamente suspendiam o domínio da lei eram bárbaros morais. Agora sei que eram apenas pioneiros, à frente de seu tempo."

Dois dias depois, *The Australian* publicou uma carta ao editor: se eu não gostava da Austrália, sugeria o missivista, devia voltar para o lugar de onde vim, ou, se preferisse o Zimbábue, para o Zimbábue.

Eu pressentia, claro, que minhas declarações na biblioteca podiam tocar um ponto sensível, mas essa resposta, irascível, ilógica (por que alguém haveria de preferir o Zimbábue à África do Sul?), impregnada de bile, acabou com minha energia. Que vida protegida eu levei! Na pancadaria do mundo da política, uma carta como essa não conta mais do que uma picada de alfinete; no entanto, para mim doía como um golpe de cassetete.

Então esta é a nossa despedida, eu disse.

É, é a despedida.

Mas ela salvou você, a Anya, disse o Alan. Ela defendeu você. Ele é um bom homem, ela disse, tem o coração no lugar certo, do lado dos fracos e oprimidos, dos que não podem reclamar, dos pobres animais.

07. O beijo

Na parede de um quarto de hotel na cidade de Burnie, na Tasmânia, um pôster: as ruas de Paris, 1950; um rapaz e uma moça no ato de beijar, o momento captado em preto-e-branco pelo fotógrafo Robert Doisneau. O beijo pareceria espontâneo. Uma onda de sentimento tomara conta do casal no contrapasso: o braço direito da mulher não (ainda não) retribui o abraço do rapaz, mas pende, solto, com uma curva no cotovelo que é a oposição exata ao volume de seu seio.

O beijo deles não é apenas um beijo de paixão: com esse beijo o amor se anuncia. Involuntariamente a pessoa completa a história. Ele e ela são estudantes. Passaram a noite juntos, sua primeira noite, acordaram um nos braços do outro. Agora têm de assistir aulas. Na calçada, no meio da multidão matinal, o coração dele de repente quer explodir de ternura. Ela também, ela está pronta para entregar-se a ele mil vezes. E então se beijam.

....

E a sua carreira?, perguntei. O que vai fazer da sua carreira?

Minha carreira. Não sei. Talvez eu fique ajudando minha mãe um pouco. Ela fundou do nada uma agência de modelos, agora é a maior em funcionamento no norte de Queensland. O que está muito bom para uma garota que saiu de uma cidadezinha da ilha de Luzon e começou com nada.

....

Alan, cale a boca, eu falei. E para C eu disse: O Alan bebeu demais, vai envergonhar nós todos se continuar.

Aos passantes, à câmera à espreita, eles não podiam ser mais indiferentes. Daí "Paris, a cidade do amor". Mas isso podia acontecer em qualquer parte, a noite de amor, a inundação de sentimento, o beijo. Podia acontecer até em Burnie. Podia ter acontecido naquele mesmo hotel, despercebido e esquecido, a não ser pelos amantes.

Quem escolheu o pôster e o pendurou? *Embora apenas um dono de hotel, eu também acredito no amor, consigo reconhecer o deus quando vejo* — é isso que diz sua presença?

Amor: o que o coração mais deseja.

Com beleza, eu disse. Ela deve ter começado com beleza, ao menos, e uma cabeça boa. A julgar pela filha que teve.

É, ela era bonita. Mas de que adianta a beleza, afinal?

Ela defendeu e eu dei ouvidos à defesa dela, disse Alan. Opa, escapou, o gato subiu no telhado. Eu ouvi a defesa dela e desisti. É, verdade seja dita, Juan, era eu, eu era o sem-vergonha que ia roubar você. Mas não roubei. Por causa da minha dama aqui. Minha dama adorável de boceta doce, doce.

08. Da vida erótica

Um ano antes de morrer por suas próprias mãos, meu amigo Gyula me falou do eros que conheceu no outono de seus dias.

Em sua juventude na Hungria, contou Gyula, havia sido um grande mulherengo. Mas ao ficar mais velho, embora continuasse como sempre agudamente receptivo à beleza feminina, desapareceu a necessidade de fazer amor carnal com mulheres. Toda a aparência externa era de que se transformara no mais casto dos homens.

Essa castidade exterior era possível, disse ele, porque tinha dominado a arte de conduzir um caso amoroso ao longo de todos os seus estágios, desde a atração até a consumação, inteiramente dentro de sua cabeça. Como conseguia isso? O primeiro passo indispensável era captar o que ele chamava de "imagem viva" da amada e torná-la sua. Ele podia, então, deter-se nessa imagem, dar-lhe alento, até chegar a um ponto em que, sempre no reino da imaginação, era capaz de fazer amor com esse súcubo dele e, por fim, levá-la a transportes extremos; e toda essa história apaixonada permaneceria desconhecida para o original terreno. (Esse mesmo Gyula, porém, dizia também que nenhuma mulher consegue deixar de notar o olhar de desejo que pousa sobre ela, mesmo numa sala lotada, mesmo que não detecte sua fonte.)

Paramos um momento, nós dois, para refletir de que adianta a beleza.

Bem, eu disse, a hora que quiser um trabalho como editora de livros, me avise.

C ficou quieto. O Alan encheu o copo outra vez.

"Aqui em Batemans Bay, proibiram câmeras nas praias e nos shopping centers", Gyula contou (Batemans Bay foi onde ele passou seus últimos anos). "Dizem que é para proteger as crianças das atenções predatórias dos pedófilos. O que será que vão fazer depois? Arrancar nossos olhos quando passarmos de determinada idade? Nos forçar a usar vendas?"

Ele próprio tinha um restrito interesse erótico por crianças; embora colecionasse imagens (fora fotógrafo profissional), não era um pornógrafo. Vivia na Austrália desde 1957, sem jamais se sentir à vontade. A sociedade australiana era puritana demais para seu gosto. "Se soubessem o que passa pela minha cabeça", dizia, "me crucificariam." E acrescentou depois de pensar um pouco: "Com pregos de verdade, eu quero dizer".

Perguntei como eram os acasalamentos imaginários que ele descrevia, se lhe traziam algo próximo da mesma satisfação de fazer amor no mundo real. E, a propósito, continuei, se algum dia havia pensado que o desejo de violar mulheres na privacidade de seus pensamentos podia ser uma expressão não de amor, mas de vingança — vingança das jovens e bonitas por desdenharem um velho feio como ele (éramos amigos, podíamos falar assim).

Então era isso que eu era, uma editora de livros, disse ela. Não sabia. Pensei que eu fosse apenas uma humilde digitadora.

Ao contrário, eu disse, ao contrário.

Mas isso tudo acabou, disse Alan. Capítulo encerrado. Qual você disse que vai ser o seu próximo projeto, Juan?

Ainda não está decidido.

Ele riu. "O que você acha que quer dizer ser mulherengo?", perguntou (era uma de suas palavras favoritas em inglês, ele gostava de encher a boca, *wo-man-i-zer*, mulherengo). "Mulherengo é um homem que desmonta você e remonta de novo como mulher. Como um a-to-mi-za-dor, que quebra você em átomos. Só homens odeiam mulherengos, por ciúmes. Mulheres gostam de mulherengos. Uma mulher e um mulherengo formam uma combinação natural."

"Como o peixe e o anzol", eu disse.

"É, como o peixe e o anzol", disse ele. "Deus fez um para o outro."

Pedi que falasse mais sobre sua técnica.

Tudo girava, ele replicou, em torno da capacidade de captar, através da mais minuciosa, mais dedicada atenção, aquele gesto inconsciente único, leve demais ou ligeiro demais para ser notado pelo olhar comum, por meio do qual uma mulher se revelava — revelava a sua essência erótica, isto é, a sua alma. O jeito de virar o pulso para olhar o relógio, por exemplo, ou o jeito como se abaixava para apertar a tira da sandália. Uma vez cap-

....

A propósito, disse ela, o senhor não me pôs no livro, não é, sem que eu saiba? Eu não gostaria de estar lá o tempo todo e o senhor não me contar.

....

Ah, sei, vai reestruturar, eu me lembro. E não tem mais uso para a minha dama, por enquanto. Sabe, Juan, você é o primeiro homem que eu conheço que tenta me convencer que não tem uso para a Anya. Geralmente os homens conseguem pensar numa porção de usos para a Anya, a maioria impronunciáveis socialmente. Mas pode ficar tranqüilo, quando diz que não tem uso para ela, eu acredito em você.

tado esse movimento único, a imaginação erótica podia explorá-lo com calma até cada último segredo da mulher ser exposto, sem excluir a maneira como se movia nos braços de um amante, como chegava ao clímax. Do gesto revelador, tudo se seguia como que "pelo destino".

Ele me descreveu seus procedimentos com grande franqueza, mas não me pareceu que tivesse a intenção de ensinar uma lição a ser seguida. Não tinha em alta conta o meu olhar nem para mulheres e gestos essenciais, nem para qualquer outra coisa. Nascido num continente selvagem, eu era, na opinião dele, desprovido daquilo que vinha de forma natural para os europeus, especificamente uma sensibilidade grega, quer dizer, platônica.

"Você não respondeu minha pergunta", eu disse. "Essas suas conquistas masturbatórias dão verdadeira satisfação? No fundo de seu coração, você não preferiria a coisa real?"

Numa das minhas opiniões, você quer dizer? Que opinião você acha que eu gostaria de expressar a seu respeito?

Anya me disse que você é muito bem-comportado. *Galante*, por certo, mas nada mais que isso. Nada de cochichos indecentes. Nada de uso impróprio das mãos. Um verdadeiro cavalheiro dos antigos, de fato. Eu gosto disso. Seria bom existirem outros como você. Eu mesmo não sou *galante*. Você deve ter notado. Não sou um cavalheiro de

Ele se empertigou. "Masturbação é uma palavra que nunca uso", disse. "Masturbação é para crianças. Masturbação é para o principiante que está praticando com o instrumento. Quanto à coisa real, como pode você, que leu Freud, usar o termo com tamanha irresponsabilidade? Eu falo é do amor ideal, do amor poético, mas no plano sensual. Se você se recusa a entender isso, não posso fazer nada."

Ele me julgou mal. Eu tinha todos os motivos para perceber esse fenômeno que ele chamou de amor ideal no plano sensual, todos os motivos para perceber isso, assumir isso e praticar por mim mesmo. Mas eu não conseguia. Existia a coisa real, que eu conhecia e recordava, e havia o tipo de estupro mental que Gyula realizava, e os dois não eram a mesma coisa. A qualidade da experiência emocional pode ser semelhante, o êxtase pode ser tão intenso quanto ele afirmava — quem era eu para questionar isso? —, porém, no mais elementar dos sentidos, um amor mental não podia ser a coisa real.

....

Não sobre mim, citando meu nome necessariamente, mas sobre pequenas digitadoras filipinas que acham que sabem tudo.

....

jeito nenhum. Não sei nem quem são meus pais, quem foi o meu pai ou a minha mãe, e não dá para ser um cavalheiro sem conhecer os pais, não é? A Anya contou para você a minha origem? Não? Eu fui

Por que é que nós — tanto homens quanto mulheres, mas os homens principalmente — estamos preparados para aceitar os reveses e os malogros do real, mais e mais malogros com o passar do tempo, cada vez mais humilhantes, e continuamos repetindo a mesma coisa? A resposta: porque não podemos ficar sem a coisa real, a coisa real real; porque sem a coisa real nós morremos como se fosse de sede.

....

Ela estava de mau humor quando abri a porta (não ia ficar, tinha vindo apenas se desculpar...), mas já estava ficando mais leve. Mais alguns toques em suas pétalas e ela começaria a fulgurar outra vez com seu colorido de sempre.

....

criado num asilo para meninos em Queensland. Eu sou a única história de sucesso deles, o único que saiu de lá para o mundo e fez fortuna honestamente. Um *self-made man*, portanto. Sabe quanto eu tenho, Señor Juan? Não tanto quanto você — estou adivinhando, claro, como eu ia saber quanto dinheiro você tem? —, mas um monte, sem dúvida. Um magote. E sabe onde eu guardo? Não? Guardo aqui. E bateu do lado da cabeça. Guardo aqui. Recursos transformáveis, eu

09. Do envelhecimento

Meu quadril doeu tanto que hoje não consegui andar e mal conseguia sentar. Inexoravelmente, dia a dia, o mecanismo físico se deteriora. Quanto ao mecanismo mental, estou continuamente alerta para engrenagens quebradas, fusíveis queimados, esperando sem esperança que ele sobreviva a seu hospedeiro corporal. Todo velho se torna cartesiano.

....

Nenhuma opinião sobre digitadoras, eu disse. Mas, sim, você está no livro — como poderia não estar, quando fez parte da elaboração dele? Você está em toda parte dele, em toda parte e em nenhuma parte. Como Deus, se bem que não na mesma escala.

....

chamo. Recursos que eu posso trocar num estalar de dedos, é só eu decidir. Não como você, acho. Você provavelmente guarda seus recursos na cabeça também, histórias, tramas, personagens, essas coisas. Mas na sua linha de trabalho leva tempo para sacar seus recursos, meses, anos. Enquanto comigo é assim — ele estalou os dedos — e pronto. O que você acha?

10. Idéia para uma história

Uma famosa romancista é convidada por alguma universidade para dar uma palestra. Sua visita coincide com a visita do professor X, que lá está para dar uma palestra sobre (digamos) as moedas hititas e o que elas podem nos revelar sobre a civilização hitita.

Num impulso, a romancista comparece à palestra do professor X. A platéia tem apenas seis outras pessoas. O que X tem a dizer é interessante, mas sua fala é monótona e há momentos em que ela sente sua atenção se desviar. Ela chega a dar uns cabeceios.

Depois, ela puxa conversa com o professor que convidou X. X, ela descobre, é muito estimado entre seus colegas acadêmicos; mas enquanto ela está alojada em um hotel de luxo, X está acampado no sofá da sala de seu hospedeiro. Embaraçada, ela se dá conta de que enquanto ela faz parte de uma ala modestamente florescente da indústria do entretenimento, X pertence a uma ala negligenciada e desprestigiada dentro da academia: resquícios dos maus parasitas acadêmicos dos velhos tempos que não trazem nem dinheiro nem prestígio.

Vai me mandar um exemplar?

Vou guardar um exemplar para você. Você pode vir buscar. Mas vai ser em alemão, não esqueça.

Silêncio. Fique quieto e ele vai se cansar, eu disse a mim mesma, como aqueles patinhos de corda que nadam um pouco, depois param.

A palestra dela, no dia seguinte, atrai uma grande platéia. Em suas observações preliminares, ela compara a cálida recepção a ela com a fria recepção a X (cujo nome não menciona). A disparidade lhe parece vergonhosa, diz; em que se transformaram as universidades?

No jantar em sua honra, depois da palestra, ela se surpreende ao descobrir que o reitor, longe de se incomodar com suas observações, ficou satisfeito. Toda controvérsia é boa controvérsia, ele diz a ela, toda publicidade é boa publicidade. Quanto a X, esses acadêmicos da velha guarda não estão tão mal como ela parece pensar. Gozam de estabilidade no emprego, de salários substanciais, e em troca de quê? De conduzirem pesquisas que no esquema geral das coisas equivalem a não mais que *hobbies* de antiquários. Onde, senão nas universidades públicas, eles conseguiriam uma situação tão vantajosa?

De volta a sua casa, ela escreve ao professor X, relatando sua conversa com o reitor. X responde: Não devia se sentir mal, diz ele, não me lancei aos estudos hititas para ficar rico ou famoso. Quanto a você, diz ele, você merece tudo o que receber, você tem a centelha divina.

....

Não faz mal. Só como lembrança. Eu tenho de ir agora. Tenho de arrumar a mala.

....

A *signorina* Federico apareceu com o café. Ela deve ter ouvido tudo da cozinha. O que o Alan falou de mim e das minhas partes. Que vão estar fechadas e trancadas para ele de hoje em diante. O Alan nem olhou para ela. Não era bonita o suficiente para ele.

A centelha divina, ela rumina consigo mesma: quando foi a última vez que tive uma centelha divina? Ela se pergunta qual terá sido a verdadeira razão de escrever para X. Talvez estivesse simplesmente tentando se desculpar por ter dormido na palestra dele (ele certamente deve ter notado).

Daria uma história perfeitamente viável, de um tipo menor. Mas duvido que eu consiga pô-la no papel. Ultimamente, esboçar histórias parece ter se transformado num substitutivo de escrever histórias. Penso em Gyula e em seu harém de imagens. Será uma das conseqüências do envelhecimento a pessoa não precisar mais da coisa em si, basta a idéia da coisa? Como, em assuntos do coração, considerar a possibilidade chamada de amor ideal por Gyula, porém mais conhecido pelas pessoas normais como flerte, se transformar num substituto, num substituto não indesejado, do amor em si?

....

Alan não está chateado de você ir embora? Ele não vai se sentir solitário?

O Alan não se sente solitário. E se se sentir, pode ir me ver. Ele pode ir passar o fim de semana.

Então vocês não brigaram, você e ele. Não fizeram nada irrecuperável.

....

Sabe quem era o malfeitor sem nome que quase espoliou você do seu capital?, ele insistiu. Quer adivinhar?

Você me disse, disse C: você.

11. *La France moins Belle*

A região da França na qual me sinto mais à vontade é o Languedoque, onde, durante muitos anos, tive uma casa de veraneio. O Languedoque não é de forma alguma a parte mais bonita de *la belle France*. No interior, o clima é inóspito — sufocante de quente no verão, gelado no inverno. A aldeia aonde fui parar sem querer não tinha nada de especial, os nativos eram pouco amigáveis. Mesmo assim, ao longo dos anos, a casa que adquiri lá encastoou-se, senão em meu afeto, numa faculdade mais misteriosa: em meu senso de obrigação. Muito tempo depois de eu ter desistido de minhas visitas anuais e vendido a casinha, *jolie* por fora mas bastante sombria por dentro, bastante sem alegria, senti uma profunda tristeza. O que seria dela agora que eu não estava mais lá para zelar por ela, para cuidar dela?

....

Não, não brigamos Não somos crianças. Eu disse para ele que precisava de ar fresco, só isso. Ele provavelmente precisa de ar fresco também. Até logo. Fique bem. Lembre: fuja de hospitais. Hospitais deixam a gente doente.

....

Certo. E a bela Anya me deteve, Anya, com seu coração de ouro. Ele é meu patrão, ela defendeu, ele me trata bem, como posso enganar ele assim? Ela tem um fraco por você, Juan, sabia disso?

As alegrias da posse eu jamais senti muito intensamente. Acho difícil pensar em mim mesmo como dono de alguma coisa. Mas tenho a tendência a escorregar para o papel de guardião e protetor do não-amado ou não-amável, daquilo que outras pessoas desdenham ou rejeitam: cachorros mal-humorados, peças feias de mobília que teimosamente continuaram vivas, carros a ponto de quebrar. É um papel ao qual resisto; mas, de vez em quando, a atração do indesejado supera as minhas defesas.

Um prefácio para uma história que nunca será escrita.

....

Ela me ofereceu a face. Muito de leve — eu não tinha feito a barba, não queria machucar — toquei meus lábios naquela pele macia. Ela se afastou devagar, me lançou um longo olhar pensativo. Franziu

....

Alan, eu falei. Dei uma olhada para a garota; ela saiu da sala, fechou a porta da cozinha delicadamente.

12. Os clássicos

Debruço-me sobre a nova ficção que li nos últimos doze meses, tentando encontrar um livro que tenha realmente me tocado e não encontro nenhum. Para esse toque de profundidade volto aos clássicos, aos episódios que numa era passada seriam chamados de pedras de toque, pedras que se tocava para renovar nossa fé na humanidade, na continuidade da história humana: Príamo beijando as mãos de Aquiles, suplicando pelo corpo de seu filho; Petya Rostov tremendo de excitação enquanto espera para montar seu cavalo na manhã de sua morte.

Mesmo numa primeira leitura, tem-se uma premonição de que naquela manhã enevoada de outono nem tudo sairá bem para o jovem Petya. O toque de presságio que cria o clima é bem fácil de identificar quando se aprendeu como fazer isso, mas da pena de Tolstói a coisa toda emerge, mesmo assim, uma vez depois da outra, miraculosamente fresca.

....

a testa. Quer um abraço?, perguntou. E como eu não respondi, ela disse: sabendo que eu vou embora e que a gente pode não se ver mais, gostaria de me dar um abraço? Para o senhor não esquecer depois como eu era?

E sem estender exatamente os braços para mim, ela os afastou para os lados, de forma que eu só precisava dar um passo para ser envolvido.

....

Ela chama você de Señor C, disse o Alan. Señor C, o Cidadão Sênior. Esse é o apelido particular dela para você. E você? Tem um

Petya Rostov, diz meu leitor, o rosto desconhecido para mim, incognoscível para sempre — *não me lembro de Petya Rostov*; e vai à estante e pega *Guerra e paz*, procura pela morte de Petya. Outro sentido do "clássico": estar lá na estante à espera de ser pego pela milésima, pela milionésima vez. O clássico: o perdurável. Não é de admirar que os editores tenham tanta vontade de reclamar *status* de clássico para seus autores!

....

Assim ficamos um momento. *Olhai, quem pode entender a obra do Senhor*, pensei comigo. No fundo da minha cabeça, havia também um verso de Yeats, embora eu não conseguisse apreender as palavras, só a sonoridade. Então dei o passo necessário e a abracei. E por um minuto inteiro ficamos abraçados, este velho encurvado e aquela encarnação terrena da beleza celeste, e poderia continuar por mais outro minuto, ela teria permitido, sendo generosa consigo mesma; mas pensei, *é o bastante*, e soltei-a.

•

....

apelido particular para ela? Não? Não vai revelar para mim? A Anya me disse que ficou meio decepcionada com o rumo que o seu livro tomou. Me disse isso confidencialmente. Espero que não se importe.

13. Da vida de escritor

Durante os anos que passei como professor de literatura, orientando jovens em excursões por livros que sempre significavam mais para mim do que para eles, eu me reanimava dizendo a mim mesmo que no fundo eu não era um professor, mas um romancista. E, de fato, foi como romancista mais que como professor que conquistei uma modesta fama.

Mas agora os críticos manifestam um novo refrão. No fundo ele não é romancista afinal, dizem, mas um pedante que se mete a fazer ficção. E atingi um estágio na vida em que começo a me perguntar se eles não têm razão — se, todo o tempo em que achei que circulava disfarçado, na verdade estava nu.

Na vida pública, o papel que desempenho hoje é o de figura notável (notável por algo que ninguém consegue lembrar), o tipo de notável que é tirado do armário e espanado para dizer algumas palavras num evento cultural (a abertura de uma nova sala numa galeria de arte; uma entrega de prêmio num concurso) e depois colocado de volta no armário. Um destino adequadamente cômico e provinciano para um homem que meio século atrás sacudiu a poeira provinciana de seus pés e arremeteu-se pelo grande mundo para praticar *la vie bohème*.

Depois de um longo silêncio, uma carta de Anya, de Brisbane.
Ola, Señor!

Espero que não esteja magoado. A Anya não é um animal político, como você deve ter notado. Suas opiniões sobre questões políticas não prenderam a atenção dela, ela disse. Estava esperando alguma coisa

A verdade é que nunca fui um boêmio, nem na época nem agora. De coração sempre fui um sobrietão, se é que tal palavra existe, e, além disso, alguém que acredita na ordem, no método. Um dia desses, algum funcionário estatal haverá de pregar uma fita em meu peito afundado e minha reassimilação à sociedade estará completa. *Homais, c'est moi.*[14]

"Eu não concebo a inspiração como um estado de graça", diz Gabriel García Márquez, "nem como um sopro divino, mas sim como uma reconciliação com o tema às custas de tenacidade e domínio... o autor atiça o tema e o tema atiça o autor... todos os obstáculos caem por terra, todos os conflitos desaparecem, nos acontecem coisas que nunca sonhamos e então não existe nada na vida melhor do que escrever."[15]

Uma ou duas vezes na vida experimentei o vôo da alma que García Márquez descreve. Talvez esses vôos venham efetivamente como recompensa da tenacidade, embora eu pense que *fogo constante* descreve melhor a qualidade necessária. Mas, seja como for que chamemos essa coisa, não a tenho mais.

....

Como vê eu ainda não consigo chamar o senhor pelo primeiro nome, mesmo o senhor não sendo espanhol de verdade. Em minha cabeça, naqueles dias das Torres, o senhor era sempre El Señor, embora eu soubesse que o senhor gostaria de mudar para um tratamento mais pessoal. O que é um rodeio para dizer, acho, que para mim o se-

....

mais pessoal, mais carnuda. Quanto a mim, normalmente não tenho tempo para livros. Tenho muito com que me ocupar. Mas levei muito a sério esse seu último esforço. Nós discutimos capítulo por capítulo,

Leio o trabalho de outros escritores, leio as passagens de densa descrição que com cuidado e trabalho compuseram com o propósito de evocar espetáculos imaginários ao olho interior, e meu coração se encolhe. Nunca fui muito bom na evocação do real e tenho ainda menos estômago para isso agora. A verdade é que nunca tive muito prazer com o mundo visível, não sinto com muita convicção o impulso de recriá-lo em palavras.

Crescente distanciamento do mundo é, claro, o que muitos escritores experimentam ao ficarem mais velhos, ao ficarem mais frugais ou mais frios. A textura de sua prosa se torna mais rala, seu tratamento de personagem e ação, mais esquemático. A síndrome é geralmente descrita como decréscimo de poder criativo; sem dúvida está ligada à atenuação da força física, acima de tudo da força do desejo. No entanto, visto por dentro, esse mesmo processo pode ser interpretado de maneira bem diferente: como uma liberação, um esvaziamento da mente para assumir tarefas mais importantes.

---

nhor pertence a uma outra geração e a um outro mundo, e não falo do mundo de meus pais (tentei algumas vezes imaginar o senhor e minha mãe juntos, mas não consegui nem colocar os dois um do lado do outro). O que é um rodeio para dizer uma outra coisa, que não preciso dizer, porque tenho certeza de que o senhor entende.

---

a Anya e eu, seção por seção, opinião por opinião. Nós analisamos. Fiz umas observações para ela e ela fez umas observações para mim. Qual é o nosso veredicto, você pergunta? Deixe eu ver como posso colocar.

O caso clássico é o de Tolstói. Ninguém mais vivaz para o mundo real do que o jovem Leon Tolstói, o Tolstói de *Guerra e paz*. Depois de *Guerra e paz*, se formos atrás do que todos dizem, Tolstói entrou num longo declínio para o didatismo que culminou na aridez de sua última ficção breve. Porém, para o Tolstói mais velho, a evolução deve ter parecido bem diferente. Longe do declínio, ele deve ter sentido que estava se livrando das cadeias que o haviam escravizado às aparências, permitindo que encarasse diretamente a única questão que ocupava de fato sua alma: como viver.

....

De qualquer forma, agora que isso está resolvido, obrigada por me mandar seu livro, que não consigo ler, claro, mas o senhor sabe disso, e obrigada especialmente por mandar as partes que o senhor não incluiu no livro, que felizmente posso ler. Entendo o que quer dizer quando diz que não são propriamente Opiniões fortes, mas são as minhas favoritas mesmo assim. Chamo essas de Opiniões brandas — espero que não se importe.

....

Nosso veredicto, nosso veredicto conjunto vem em duas partes. Primeira parte: nós achamos que você tem uma visão um tanto ingênua, um tanto superotimista da natureza humana. Ao contrário do que vo-

14. Da língua-mãe

Cada um de nós tem uma língua-mãe? Eu tenho uma língua-mãe? Até recentemente eu aceitava sem questionar que, uma vez que o inglês é a língua que domino melhor, o inglês devia ser considerado minha língua-mãe. Mas talvez não seja assim. Talvez — será possível? — eu não tenha uma língua-mãe.

Pois às vezes, quando ouço palavras do inglês saídas de minha boca, tenho a inquietante sensação de que aquele que eu escuto não é aquele que eu chamo de *eu*. É mais como se alguma outra pessoa (mas quem?) estivesse sendo imitada, acompanhada, até arremedada. *Larvatus prodeo.*[16]

Escrever é uma experiência menos inquietante. Sentado aqui em silêncio, mexendo a mão, invocando essas palavras do inglês, mexendo com elas, trocando uma por outra, tecendo-as em frases, sinto-me à vontade, no controle. Uma cena me vem à cabeça, de uma visita a uma loja de departamentos em Moscou: uma mulher trabalhando com um ábaco, a cabeça imóvel, os olhos imóveis, os dedos voando.

....

Acho que eu devia sentir ciúmes de alguém que assumiu meu lugar e digitou isso para o senhor, mas não sinto. Desejo-lhe felicidades e espero que seu livro saia logo em inglês e seja um grande sucesso nas livrarias.

....

cê prefere acreditar, a vida é realmente uma luta. Uma luta de todos contra todos, e assim é o tempo todo. Está sendo assim nesta sala neste momento. Você pode negar isso? A Anya está lutando para salvar você de mim e da minha voraz depredação. Você está lutando para separar a Anya de mim. Eu estou lutando para pôr você no seu lugar.

Ao fim de um dia de escritura, venho à tona com páginas que estou acostumado a chamar de *o que eu queria dizer*. Mas num espírito mais cauteloso agora me pergunto: estas palavras, impressas no papel, são verdadeiramente o que eu queria dizer? Será que basta mesmo, como relato fenomenológico, dizer que em algum lugar lá no fundo eu sabia o que queria dizer, depois procurei os instrumentos verbais apropriados e mexi com eles até conseguir dizer o que queria dizer? Não seria mais exato eu dizer que remexo uma frase até as palavras na página "soarem" ou "estarem" certas e então paro de mexer com elas e digo a mim mesmo: "Isso deve ser o que eu queria dizer"? Se assim é, quem é que julga o que soa ou não soa certo? Sou necessariamente eu ("eu")?

....

Às vezes, fico vermelha quando penso nos comentários que fiz sobre as suas opiniões — o senhor era um autor famoso no mundo inteiro, afinal, e eu apenas uma pequena secretária —, mas aí penso comigo mesma, *talvez ele tenha gostado de ouvir um olhar de baixo, por assim dizer, uma opinião sobre suas opiniões*. Mas sinto mesmo que o senhor estava se arriscando, tão isolado, tão sem contato com o mundo moderno.

....

Você é um bom de um sonhador, Juan. Um sonhador, mas um conspirador também. Nós dois somos conspiradores, você e eu (a Anya não é nada conspiradora), mas pelo menos eu não finjo. Eu sou conspirador porque seria devorado vivo se não fosse, pelas outras feras da selva. E você é um conspirador porque finge que é o que não é. Vo-

Será que toda a experiência seria em alguma coisa diferente, menos complicada, melhor, se eu afundasse mais, por nascimento e criação, na língua em que escrevo — em outras palavras, se eu tivesse uma língua-mãe mais verdadeira, menos questionável que o inglês com que trabalho? Talvez todas as línguas sejam, afinal, línguas estrangeiras, estranhas ao nosso ser animal. Mas de um jeito que é, precisamente, inarticulado, inarticulável, o inglês não me dá a sensação de um lugar para repousar, de um lar. Apenas acontece de ser uma língua sobre cujos recursos adquiri algum domínio.

....

Me lembro que o senhor uma vez me disse que não ia colocar os seus sonhos no livro porque sonhos não contam como opiniões, então é bom ver que uma das suas opiniões brandas é um sonho, um sonho que o senhor me contou há muito tempo sobre o senhor e Eurídice. Naturalmente eu me pergunto se ele não contém uma mensagem se-

....

cê faz pose de voz solitária da consciência falando em favor dos direitos humanos e tal, mas eu me pergunto: se ele acredita mesmo nesses direitos humanos, por que não está lá fora, no mundo real, batalhando por eles? Qual é o seu histórico? E a resposta, de acordo com as mi-

Meu caso não pode ser único, decerto. Entre os indianos de classe média, por exemplo, deve haver muitos que estudaram em inglês, que falam rotineiramente inglês em seu local de trabalho e em casa (jogando uma ou outra locução local para colorir), que dominam outras línguas só imperfeitamente, mas que, ao se ouvirem falar ou ao lerem o que escreveram, têm a inquietante sensação de que algo de falso está acontecendo.

creta de pedido de socorro. É uma pena o senhor ser tão sozinho no mundo. Todo mundo devia ter alguém a seu lado, para ajudar.

nhas pesquisas, é: o histórico dele não é assim tão bom. Na verdade, o histórico dele é praticamente nulo. Então eu me pergunto: o que ele está querendo de fato com esse livro dele? *Leia essas páginas*, você diz para a minha dama (minha dama, não sua), olhando emocionado para os olhos dela, *e me diga o que você acha*: o que isto quer dizer? Quer saber o que eu concluí? Eu concluí que isso quer dizer que você quer

15. De Antjie Krog

Ontem, pelas ondas do ar, poemas de Antjie Krog, lidos em tradução para o inglês pela própria autora. Sua primeira apresentação, se não estou enganado, para o público australiano. Seu tema é vasto: a experiência histórica na África do Sul da sua época. Sua capacidade como poeta se desenvolveu como reação ao desafio, recusando-se a se apequenar. Absoluta sinceridade sustentada por uma inteligência aguda, feminina, e um conjunto de experiências emocionantes a relatar. Sua resposta às terríveis crueldades que testemunhou, à angústia e ao desespero que elas evocam: voltada para as crianças, para o futuro humano, para a vida sempre auto-renovadora.

Ninguém na Austrália escreve com fúria comparável. O fenômeno de Antjie Krog me parece muito russo. Na África do Sul, assim como na Rússia, a vida pode ser miserável; mas como o espírito valente se levanta para reagir!

O Alan dizia sempre que o senhor era sentimental. Eu nunca vi isso. Um socialista sentimental, assim ele chamava o senhor. A intenção era depreciativa, claro. Eu nunca ouvia de verdade quando o Alan falava mal do senhor. Ele achava que o senhor exercia uma influência

meter a mão na minha linda dama, mas tem medo de dar o passo e levar uma bem merecida bofetada no meio da cara. Isso quer dizer sedução de um tipo especialmente distorcido. *Por fora eu posso parecer murcho e repulsivo*, você diz para ela (sem falar do seu cheiro), *mas por*

16. De ser fotografado

No livro de Javier Marías *Written lives* [Vidas escritas], há um ensaio sobre fotografias de escritores. Entre as fotografias reproduzidas, existe uma de Samuel Beckett sentado num canto de um quarto vazio. Beckett parece alerta e, de fato, Marías descreve sua aparência como "caçado". A questão é caçado, acossado por que ou por quem? A resposta mais óbvia: acossado pelo fotógrafo. Será que Beckett de livre e espontânea vontade resolveu sentar-se num canto, na interseção de três eixos dimensionais, olhando para cima, ou foi o fotógrafo que o convenceu a sentar ali? Nessa posição, sujeito a dez, vinte ou trinta flashes da câmera, com uma pessoa debruçada sobre você, é difícil não se sentir caçado.

O fato é que fotógrafos vão para uma sessão de fotos com algo preconcebido, quase sempre um clichê, sobre o tipo do retratado, e batalham para consubstanciar esse clichê nas fotografias que tiram (ou, para acompanhar a expressão de outras línguas, nas fotografias que fazem). Eles não só colocam o retratado na pose que lhes dita o clichê como, ao voltar para o estúdio, escolhem dentre as fotos aquelas que estão mais próximas do clichê. Chegamos assim a um paradoxo: quanto mais tempo o fotógrafo tem para fazer justiça ao retratado, menos provável é que essa justiça seja feita.

....

indevida sobre mim, e era por isso que não gostava do senhor. Tenho certeza de que isso não é novidade para o senhor.

....

dentro ainda tenho os sentimentos de um homem. Estou certo? Estou certo, Anya?

17. De ter pensamentos

Se eu fosse pressionado a colocar um rótulo em meu pensamento político, eu o chamaria de quietismo pessimista anarquista, ou anarquismo quietista pessimista, ou pessimismo quietista anarquista: anarquismo porque a experiência me diz que o que está errado com a política é o poder em si; quietismo porque tenho minhas dúvidas sobre a vontade de se pôr a mudar o mundo, uma vontade infectada de desejo de poder; e pessimismo porque sou cético, não acredito que, num sentido fundamental, as coisas possam ser mudadas. (Pessimismo desse tipo é primo, talvez mesmo irmão, da crença no pecado original, isto é, da convicção de que a humanidade não é passível de aperfeiçoamento.)

Mas será que estou mesmo qualificado como pensador, alguém que tem o que se pode chamar adequadamente de idéias, sobre política ou qualquer outra coisa? Nunca tive facilidade com

....

Devo confessar que fiquei surpresa na primeira vez que o senhor disse que era um anarquista. Eu pensava que os anarquistas se vestiam de preto e tentavam explodir o Parlamento. O senhor parece um tipo muito sossegado de anarquista, muito respeitável.

....

Eu me levantei. Hora de ir para casa, Alan, eu disse. Obrigado, míster C, por convidar a gente para a sua comemoração. Desculpe se estragamos tudo, mas não é nada sério, nada para levar em consideração, já, já passa, o Alan só bebeu um pouco demais.

abstração, nunca fui bom com pensamento abstrato. No curso de uma vida inteira de atividade mental, a primeira e única idéia que tive que se pode contar como abstrata me veio tarde, nos meus cinqüenta anos, quando me ocorreu que certos conceitos matemáticos de todo dia podiam ajudar a esclarecer a teoria moral. Porque a teoria moral nunca soube direito o que fazer com a quantidade, com os números. Por exemplo, se matar duas pessoas é pior do que matar uma. Se assim for, quanto pior? Duas vezes pior? Não exatamente duas vezes pior — uma vez e meia pior, digamos? Roubar um milhão de dólares é pior do que roubar um dólar? E se esse dólar for o sustento de uma viúva?

Perguntas como essas não são meramente escolásticas. Elas têm de exercitar a mente dos juízes todos os dias, quando eles ruminam sobre a multa a aplicar, sobre o tempo de prisão a decretar.

.....

O senhor alguma vez teve alguma influência indevida sobre mim? Acho que não. Não acho que o senhor tenha exercido nenhuma influência sobre mim. Não estou falando num sentido negativo. Foi uma sorte conhecer o senhor quando conheci. Provavelmente eu ainda estaria com Alan, se não fosse o senhor; mas o senhor não me influenciou. Eu era eu antes de conhecer o senhor e ainda sou eu agora, não mudei.

.....

Você esqueceu a segunda parte, disse o Alan. Sente aí, querida, eu ainda não contei a segunda parte do nosso veredicto.

A idéia que me veio era bem simples, embora complicada de pôr em palavras. Na matemática, um conjunto totalmente ordenado é um conjunto de elementos em que cada elemento tem de ficar ou à esquerda ou à direita de cada outro elemento. No que toca aos números, *à esquerda de* pode ser interpretado como significando menos que, *à direita de* significa mais que. Os números inteiros, positivos e negativos, são um exemplo de conjuntos inteiramente ordenados.

Num conjunto que é só em parte ordenado, não se aplica a exigência de que qualquer elemento dado tenha de estar *ou* à direita *ou* à esquerda de qualquer outro dado elemento.

....

O senhor me abriu um pouco os olhos, isso eu digo. Me mostrou que existia um outro jeito de viver, tendo idéias e expressando essas idéias com clareza e tal. Claro que é preciso ter talento para fazer sucesso com isso. Não é uma coisa que eu consiga fazer. Mas talvez, numa outra vida, se nossas idades forem mais compatíveis, o senhor e eu vamos poder morar juntos e vou poder ser sua inspiração. Sua inspiração residente. O senhor gostaria disso? Poderia sentar em sua mesa e escrever, e eu cuidaria do resto.

....

Quando chegamos na segunda parte do nosso veredicto, nós deliberamos assim, a Anya e eu. Ele está expondo uma série de pronunciamentos sobre o mundo moderno, nós dissemos a nós mesmos, mas voltados para um público alemão. Não é uma coisa meio esquisita, escrever um livro em inglês para um bando de chucrutes? Como se explica isso?

No âmbito de julgamentos morais, podemos pensar em *à esquerda de* como pior que, *à direita de* como melhor que. Se tratarmos o conjunto de elementos sobre os quais queremos chegar a um julgamento moral como constituintes não de um conjunto inteiramente ordenado, mas de um conjunto parcialmente ordenado, haverá então pares de elementos (uma única vítima em vez de duas vítimas; um milhão de dólares em lugar do sustento da viúva) aos quais a relação ordinal, a questão moral *melhor ou pior?* não se aplica necessariamente. Em outras palavras, a linha de questionamento absoluta *melhor ou pior?* simplesmente tem de ser abandonada.

A presunção de que todo e qualquer conjunto de elementos pode ser ordenado leva, no reino das questões morais, direto a um atoleiro. O que é pior, a morte de um pássaro ou a morte de uma criança? O que é pior, a morte de um albatroz ou a morte de um bebê inconsciente com danos cerebrais, ligado a uma máquina de sustentação de vida?

....

Não ligue para o que eu digo. É só uma idéia.

Eu, na verdade, sou uma pessoa bem prática. O senhor nunca viu esse lado meu, mas é verdade. Uma pessoa prática, mas não uma sonhadora, infelizmente. Então se é uma parceira também sonhadora que está procurando, uma sonhadora que também lave sua roupa de baixo e faça comidas maravilhosas, vai ter de continuar procurando, eu não sirvo para o senhor.

....

A explicação a que a gente chegou foi a seguinte: que no mundo falante do inglês, o mundo de gente prática e de bom senso, um livro

Infelizmente, a atração intuitiva pelo pensamento ordenado em conjuntos torna difícil renunciar a eles. Isso é particularmente evidente na jurisprudência. Tentando produzir uma sentença mais dura ("pior") do que a morte para passar a Adolf Eichmann, seus juízes israelitas saíram com esta: "Será enforcado, seu corpo será queimado até virar cinzas e as cinzas espalhadas fora das fronteiras de Israel". Mas nessa dupla sentença — para Eichmann e depois para seus restos mortais — existe mais que um simples indício de desespero. A morte é absoluta. Não existe nada pior; e isso não só para Eichmann mas para cada um dos seis milhões de judeus que morreram nas mãos dos nazistas. Seis milhões de mortes não são a mesma coisa que — não "somam", em certo sentido não "excedem" — uma morte ("apenas" uma morte); entretanto, o que significa — o que *exatamente* significa — dizer que seis milhões de pessoas são, em conjunto, uma coisa pior do que uma morte? Não é uma paralisia da faculdade da razão que nos deixa olhando desamparadamente para a pergunta. É a pergunta em si que está errada.

....

Andei pensando no seu amigo, o fotógrafo húngaro, e no que ele lhe disse. A maioria dos fotógrafos com que eu trabalhei é gay, é assim no mundo da moda, mas mesmo assim, quando uma câmera está apontada para mim, eu sei que eu me mexo diferente, não importa quem esteja por trás da lente. Na verdade, é mais do que isso, mais do que o jeito de eu me mexer apenas. Parece que eu estou quase fora de mim, observando como eu apareço para a câmera. É como se ver num espelho, só que mais do que isso, porque não são seus olhos que olham, mas os de outra pessoa.

....

de pronunciamentos sobre o mundo real não tem muito empuxo, vindo de um homem cuja única realização está na esfera do capricho.

18. Dos pássaros do ar

Um dia, a pequena faixa de terra em frente às Torres pertenceu aos pássaros, que reviravam o leito do riacho em busca de alimento e abriam as pinhas em busca de sementes. Agora virou um espaço verde, um parque público para animais de duas patas; o riacho foi retificado, escondido debaixo do concreto e absorvido pela rede de água.

Desses recém-chegados, os pássaros mantêm uma distância cautelosa. Todos menos as gralhas. Todos menos o gralha-chefe (é assim que penso nele), o mais velho — pelo menos o mais posudo e de aparência mais marcante. Ele (é assim que penso nele, macho até o âmago) caminha em lentos círculos em volta de onde estou sentado. Não está me inspecionando. Não tem curiosidade por mim. Está me alertando, me alertando para ir embora. Está também procurando meu ponto vulnerável, no caso de precisar atacar, no caso de chegar a isso.

....

O que eu acho é que o seu amigo tinha as fantasias lá dele com mulheres enquanto estava tirando fotografias delas. Pelo menos me soa como uma coisa de fotógrafo. Eu procurava nunca pensar sobre o que estava se passando na cabeça do fotógrafo enquanto ele trabalha-

....

Enquanto em lugares como a Alemanha e a França as pessoas ainda tendem a cair de joelhos diante de sábios com barbas brancas. Nos diga, ó Mestre, imploramos, o que deu errado com a nossa civilização? Por que os poços secaram, por que chove sapos? Olhe na sua bola de cristal e nos ilumine! Mostre-nos o rumo para o futuro!

No fim da linha (é assim que eu concebo a coisa), ele está disposto a considerar a possibilidade de um acordo: um acordo, por exemplo, no qual eu bato em retirada para uma das gaiolas protetoras que nós, animais humanos, erigimos do outro lado da rua, enquanto ele conserva este espaço como dele; ou um acordo em que eu concordo em sair da minha gaiola apenas durante horas determinadas, entre três e cinco da tarde, digamos, quando ele gosta de tirar uma soneca.

Uma manhã, houve um súbito e imperioso bater na janela da minha cozinha. Ali estava ele, encarapitado no peitoril com suas garras, batendo as asas, olhando para dentro, me trazendo um alerta: mesmo dentro de casa posso não estar seguro.

Agora, no fim da primavera, ele e suas esposas cantam uns para os outros a noite inteira no alto das árvores. Não se importam nem um pouco se me mantêm acordado.

....

va. Quero dizer, eu deliberadamente nunca pensei nisso. Estragaria a fotografia, faria a fotografia ficar erótica, de certa forma, se a modelo e o fotógrafo tivessem uma cumplicidade dessa, pelo menos me parece. Seja você mesma, eu cochichava para mim, querendo dizer que eu tinha simplesmente de mergulhar em mim mesma, como num tanque sem ondas.

....

Você resolveu experimentar ser guru, Juan. Foi isso que nós concluímos, a Anya e eu. Você deu uma olhada no mercado de trabalho — foi assim que a gente imaginou — e viu que estava difícil, principalmente para quem tem mais de setenta. Cartazes em todas as vitri-

O gralha-chefe não tem uma idéia clara de quanto tempo vivem os seres humanos, mas acha que não tanto quanto as gralhas. Ele acha que vou morrer nessa minha gaiola, morrer de velho. Então ele poderá quebrar a janela, pular para dentro e bicar meus olhos.

Algumas vezes, quando o tempo está quente, ele se digna a beber na bacia da fonte. No momento em que levanta o bico para permitir que a água desça por sua goela, ele se torna vulnerável ao ataque, e tem consciência disso. Então, toma o cuidado de manter um porte especialmente severo. Se tiver a audácia de rir, diz ele, eu pego você.

Nunca hesito em demonstrar a ele o total respeito, a total atenção que ele exige. Esta manhã, ele pegou um besouro e estava muito orgulhoso de si mesmo — inchado, como dizem os ingleses. Com o desamparado besouro no bico, de asas quebradas e abertas de ambos os lados, ele veio pulando em minha direção, fazendo uma longa pausa a cada pulo, até estar a não mais de um metro de distância. "Muito bem", murmurei para ele. Ele inclinou a cabeça para ouvir meu canto breve, de três sílabas. Estaria me aceitando?, perguntei a mim mesmo. Será que venho aqui com freqüência suficiente para ser considerado, aos olhos dele, como parte de seu mundo?

....

Me pergunto também se o seu amigo húngaro existe mesmo (existiu). Talvez ele seja apenas mais uma das suas histórias. Não precisa me contar. Pode ser um segredo seu. Mas eu gostaria de saber por que ele se matou.

....

nes: *Velhos não são aceitos*. Mas aí, nossa!, o que é isso? "Procura-se: Guru Sênior. Deve ter uma vida inteira de experiência, palavras sábias para todas as ocasiões. Longas barbas brancas bem-vindas." Por que

Ocorrem visitas de cacatuas também. Uma está pousada pacificamente numa ameixeira silvestre. Olha para mim, estende uma ameixa na pata como se dissesse: "Quer uma mordida?". Sinto vontade de dizer: "Isto aqui é um parque público. Você é tão visitante quanto eu, não pode me oferecer comida". Mas público, privado, isso tudo não é mais que um sopro de ar para a ave. "O mundo é de todos", diz ela.

De qualquer forma, seja o seu amigo verdadeiro ou não, devo confessar que nunca me importei se o senhor tinha fantasias comigo. Com outros homens eu às vezes me importava, mas com o senhor, não. Era uma maneira de eu ajudar — pelo menos era isso que eu dizia a mim mesma. Vamos ficar bonita para o Señor C, eu dizia para mim quando estava me aprontando para ir visitar o senhor de manhã — para o Señor C, que deve se sentir solitário sentado o dia inteiro sozinho sem ninguém para conversar além do gravador e, às vezes, os pássaros. Vamos ficar bonita para ele, para ele poder colecionar lembranças e ter alguma coisa com que sonhar quando for para a cama de noite.

---

não tentar?, você falou para si mesmo. Como eu não fui, por assim dizer, tratado como celebridade como escritor de romances — vamos ver se viro celebridade como guru.

19. Da compaixão

Todos os dias da semana passada o termômetro subiu acima da marca dos quarenta graus. Bella Saunders, do apartamento do fim do corredor, me fala de sua preocupação com os sapos do leito do velho riacho. Será que não vão ser cozidos vivos em suas pequenas tocas de terra?, ela pergunta, ansiosa. Não podemos fazer alguma coisa para ajudar os coitados? O que você sugere?, pergunto. Podemos tirá-los de lá e trazê-los para casa até que a onda de calor passe, diz ela. Eu alerto para que não faça isso. Não vai saber onde procurá-los, digo.

Ao entardecer, vejo-a levando uma tigela plástica com água para o outro lado da rua, a qual deixa no riacho. No caso de os pequeninos sentirem sede, ela explica.

Espero que não se importe de eu dizer isso. Teria sido melhor se o senhor achasse que eu era toda natural, que estava apenas sendo eu mesma, que não fazia idéia dos pensamentos que o senhor tinha sobre mim. Mas não se pode ser amigo sem ser franco (amor é outra história), e se eu não posso mais ser a sua pequena digitadora, posso ao menos ser sua amiga. Então vou dizer sinceramente que nunca fiquei

---

O único problema é que no mundo falante do inglês a gente não leva os gurus muito a sério. No carrinho de compras, com quem os gurus se vêem concorrendo? Com os cozinheiros famosos. Com atrizes vendendo fofocas velhas. Com políticos obsoletos. Companhia não

É fácil caçoar de gente como Bella, dizer que ondas de calor fazem parte de um vasto processo ecológico com o qual os seres humanos não devem interferir. Mas será que essa crítica não deixa alguma coisa de fora? Nós humanos não fazemos parte da ecologia também e nossa compaixão pelos bichinhos não é um elemento dela tanto quanto a crueldade do corvo?

....

embaraçada com os seus pensamentos, até dei uma pequena ajuda para eles. E nada mudou desde que eu fui embora, o senhor pode continuar pensando em mim para alegrar seu coração (essa é a beleza dos pensamentos, não é?, que a distância não importa, nem a separação). E se quiser escrever e me contar seus pensamentos, tudo bem também, posso ser discreta.

....

muito recomendável. Então você pensou consigo mesmo, *vamos tentar a velha Europa. Vamos ver se a velha Europa me dá o tipo de ouvidos que não consigo em minha terra.*

20. Das crianças

Mais uma lição de minhas horas no parque.

Gosto de crianças, em abstrato. Crianças são o nosso futuro. É bom para os velhos estarem perto de crianças, levanta nosso espírito. E assim por diante.

O que eu esqueço sobre as crianças é a algazarra sem fim que elas fazem. Falando em termos simples, elas gritam. Gritar não é simplesmente falar alto e forte. Não é absolutamente um meio de comunicação, mas um jeito de superar rivais. É uma forma de auto-afirmação, uma das mais puras que existe, fácil de praticar e altamente eficiente. Uma criança de quatro anos pode não ser tão forte quanto um homem adulto, mas é certamente mais ruidosa.

Uma das primeiras coisas que devíamos aprender no caminho de ser civilizados: não gritar.

....

O que eu não quero, se o senhor escrever ou telefonar, é notícias. Deixei as Torres Sydenham para trás e o Alan também. Essa sou eu, esse é o jeito que eu sou: se entro em alguma coisa, entro inteira, mas se não funciona eu deixo para trás, acabou-se, não existe mais. Assim eu continuo positiva, assim posso olhar para o futuro. Então não quero notícias do Alan.

....

Mas a Anya está me lançando olhares, estou vendo. Estamos abusando da sua hospitalidade. Nossa, me desculpe mesmo. Nós temos de ir. Muito obrigado, Juan, por uma noitada maravilhosa. Muito estimulante. Muito estimulante mesmo, não acha, Anya?

21. De água e fogo

Chuva pesada nesta semana. Enquanto vejo o fio de água que corre pelo parque se transformar numa torrente, a natureza profundamente estranha da enchente fica clara para mim. A enchente não se acanha nem se desconcerta diante dos obstáculos ou barreiras que encontra em seu caminho. Acanhamento, desconcerto, não estão em seu repertório. Barreiras são simplesmente superadas, obstáculos atirados de lado. A natureza da água, como devem ter dito os pré-socráticos, é fluir. Para a água, acanhar-se, hesitar por um instante que seja, seria contra a sua natureza.

O fogo é igualmente estranho ao humano. Intuitivamente, pensa-se no fogo como uma força devoradora. Tudo o que devora deve ter um apetite e está na natureza do apetite ser saciado. Mas o fogo nunca é saciado. Quanto mais o fogo devora, maior ele fica; quanto maior fica, mais cresce seu apetite; quanto mais cresce seu apetite, mais ele devora. Tudo o que se recusa a ser devorado pelo fogo é a água. Se a água pudesse queimar, todo o mundo teria sido consumido pelo fogo há muito tempo.

Contei que pedi para o Alan me mandar o resto das minhas coisas? Pedi para ele despachar aos cuidados da minha mãe. Disse que eu pagaria. Isso foi há quatro meses. Ele não respondeu. Silêncio. Se

---

No elevador, eu tive enfim a chance de falar o que eu queria. O que você me fez passar esta noite eu nunca vou perdoar, Alan, eu disse. Nunca. Sério mesmo.

22. Do tédio

Só os animais superiores são capazes de se entediar, dizia Nietzsche. Acredito que essa observação deva ser tomada como um elogio ao Homem como um dos animais superiores, embora seja um elogio que é uma bofetada: a mente do homem é inquieta; a menos que seja ocupada ficará turvada por inquietação, cairá em tormento e mesmo, por fim, na destrutividade maliciosa, mal-intencionada.

Quando criança, eu devia parecer um nietzschiano inconsciente. Estava convencido de que o tédio endêmico entre meus contemporâneos era sinal de sua natureza superior, de que expressava um juízo tácito sobre qualquer coisa que os entediasse e, portanto, que qualquer coisa que os entediasse devia ser desprezada por deixar de atender a suas legítimas necessidades humanas. Então, quando meus colegas de escola se entediavam com poesia, por exemplo, eu concluía que o erro era da poesia em si, que meu próprio mergulho na poesia era distorcido, errado e, acima de tudo, imaturo.

---

eu fosse outro tipo de pessoa, chegaria no apartamento com uma lata de querosene (ainda tenho a chave) e botaria fogo. Aí ele ia saber do que é capaz uma mulher ofendida. Mas não sou assim.

Na luz brilhante que vinha do alto, o queixo do Alan caiu. Naquele momento, ele parecia exatamente o que era: um australiano de meia-idade, grosso, insatisfeito, meio bêbado.

Eu era instigado a pensar assim por boa parte da crítica daquela época, que dizia que a idade moderna (querendo dizer o século XX) exigia poesia de uma nova e moderna casta que rompesse definitivamente com o passado, em particular com a poesia dos vitorianos. Para o verdadeiro poeta moderno, nada seria mais retrógrado, e portanto mais desprezível, do que gostar de Tennyson.

O fato de meus colegas de classe se entediarem com Tennyson provava para mim, se é que era preciso prova, que eles eram autênticos, mesmo que inconscientes, portadores da nova e moderna sensibilidade. Através deles, o *Zeitgeist* pronunciava seu severo julgamento sobre a era vitoriana, e sobre Tennyson em particular. Quanto ao incômodo fato de meus colegas de classe ficarem igualmente entediados (para não dizer perplexos) com T. S. Eliot, isso se podia explicar por uma persistente afetação em Eliot, uma incapacidade de sua parte de se manter à altura dos rudes padrões masculinos deles.

Não me ocorreu que meus colegas de classe achassem poesia entediante — como achavam entediantes todas as disciplinas escolares — por não serem capazes de se concentrar.

Minha mãe diz: deixe ele ficar com as coisas, são só coisas, você consegue outras, ele é quem sai perdendo, onde ele vai encontrar outra garota como a minha Anya? Minha mãe é muito leal. É assim que nós somos, as filipinas. Boas esposas, boas amantes, boas amigas também. Boas em tudo.

Nada, eu disse, nada do que eu fiz ou do que C fez justifica o jeito como você se comportou.

As conseqüências mais sérias do *non sequitur* em que caí (as maiores inteligências são as que mais cedo se entediam, portanto os que se entediavam mais cedo tinham as maiores inteligências) surgiram na área da religião. Eu achava as práticas religiosas entediantes, portanto *a fortiori* meus contemporâneos, como espíritos modernos, tinham de achar a religião entediante também. O fato de não traírem sintomas de tédio, sua disposição em repetir como papagaios a doutrina cristã e professar uma moralidade cristã enquanto continuavam a se comportar como selvagens, eu tomava como prova de uma madura habilidade da parte deles de viver uma disjunção entre o mundo real (visível, tangível) e as ficções da religião.

Só agora, mais tarde na vida, começo a ver como as pessoas comuns, os animais superiores entediados de Nietzsche, realmente lidam com o seu ambiente. Não é se irritando, mas baixando suas expectativas. Lidam aprendendo a tolerar coisas, a deixar que sua máquina mental funcione num ritmo mais baixo. Elas adormecem; e como não se importam de adormecer, não se importam de sentir tédio.

Para mim, o fato de meus professores, os irmãos maristas, não aparecerem todas as manhãs vestidos de fogo e pronunciando profundas e terríveis verdades metafísicas provava que eram servidores sem valor. (Servidores de quem, de quê? Não de Deus,

....

Não pense mal do Alan. Maus pensamentos podem estragar o seu dia, e será que vale a pena estragar o dia quando o senhor não tem mais tantos dias pela frente? Mantenha a mente tranqüila, trate o Alan como se ele não existisse, como se ele fosse alguém de uma história ruim que o senhor jogou fora.

....

A porta se abriu no vigésimo quinto andar. Eu ouvi, disse o Alan.

por certo — Deus não existia, eu não precisava que me dissessem isso —, mas da Verdade, do Nada, do Vazio.) Para meus jovens contemporâneos, por outro lado, os irmãos eram simplesmente tediosos. Eram tediosos porque tudo era tedioso; e como tudo era tedioso nada era tedioso, simplesmente se aprendia a viver com isso.

Como eu estava fugindo da religião, supunha que meus colegas de classe também deviam fugir da religião, muito embora de um jeito mais discreto, mais esperto do que eu então tinha sido capaz de inventar. Só hoje me dou conta de como estava enganado. Eles não estavam fugindo de forma nenhuma. Nem os filhos deles estão fugindo, ou seus netos. Eu costumava prever que quando chegasse aos meus setenta anos todas as igrejas do mundo teriam sido transformadas em celeiros, museus ou fábricas de cerâmica. Mas eu estava errado. Olhem, novas igrejas brotam todos os dias, por toda parte, para não falar das mesquitas. Então, o dito de Nietzsche precisa ser corrigido: pode ser, sim, que só os animais superiores sejam capazes do tédio, mas o homem prova ser o mais superior de todos ao domesticar o tédio, ao lhe dar um abrigo.

....

Tivemos um bom relacionamento, o senhor e eu — não acha? —, e foi baseado na sinceridade. Nós fomos bem sinceros um com o outro. Gostei disso. Eu não podia ser sempre sincera com o Alan. Não se pode ser sincero numa relação tipo casamento em que se vive juntos, não absolutamente sincero, não se você quer que a coisa dure. Essa é uma das coisas negativas do casamento.

....

Ouvi muito bem, com clareza. E sabe o que eu tenho para dizer em troca, minha gatinha? Eu digo: vá se foder.

•

23. De J. S. Bach

A melhor prova que temos de que a vida é boa e, portanto, de que talvez possa existir afinal um Deus, que tem nosso bem-estar no coração, é que para cada um de nós, no dia em que nascemos, vem a música de Johann Sebastian Bach. Ela vem como um presente, não ouvida, não merecida, grátis.

Como eu gostaria de conversar uma única vez com esse homem, já morto há tantos anos! "Veja como nós, do século XXI ainda tocamos sua música, como reverenciamos e amamos sua música, como somos absorvidos, comovidos, fortificados e alegrados por ela", eu diria. "Em nome de toda a humanidade, por favor, aceite estas palavras de tributo, inadequadas que sejam, e que tudo o que você suportou naqueles últimos amargos anos de sua vida, inclusive as cruéis cirurgias nos olhos, seja esquecido."

Faça o que fizer, não se permita ficar deprimido. Sei que o senhor acredita que não é mais o que era, mas o fato é que o senhor ainda é um homem bonito e um cavalheiro de verdade, que sabe fazer uma mulher se sentir mulher. As mulheres apreciam isso num homem,

---

Muito depois da separação do Alan, depois da mudança para Queensland, depois que o Señor C me mandou o livro dele e eu respondi agradecendo, dei um telefonema para a mrs. Saunders nas Torres. Nunca conheci bem a mrs. Saunders enquanto morei lá, ela é meio pirada (foi ela que me disse que o Señor C era da Colômbia, deve ter confundido com alguma outra pessoa), mas o apartamento dela fica no mesmo andar do dele e eu sei que ela tem o coração mole (ela é que costumava dar comida para os passarinhos no parque).

Por que é só e exclusivamente com Bach que tenho essa vontade de falar? Por que não Schubert ("Que a cruel pobreza em que você teve de viver seja esquecida.")? Por que não Cervantes ("Que a cruel perda de sua mão seja esquecida.")? Quem é Johann Sebastian Bach para mim? Ao pronunciar seu nome, eu pronuncio o nome de um pai que eu elegeria dentre todos os vivos e mortos, se pudesse eleger meu próprio pai? Nesse sentido, eu o escolho como meu pai espiritual? E o que eu quero compensar ao trazer por fim um primeiro, tênue sorriso a seus lábios? Ter sido, em minha época, um filho tão mau?

...

mesmo que esteja faltando mais alguma coisa. Quanto ao seus escritos, o senhor é, sem dúvida, um dos melhores, classe AA, e digo isso não só como amiga. O senhor sabe como atrair o leitor (por exemplo, naquela dos pássaros no parque). O senhor dá vida às coisas. Se é para ser sincera, as opiniões fortes sobre política e tal não eram o seu melhor, talvez porque não haja história na política, talvez porque o senhor esteja um pouco fora de contato, talvez porque o estilo não combine com o senhor. Mas eu realmente espero que publique as suas opiniões brandas algum dia. Se publicar, não esqueça de mandar um exemplar para a sua pequena digitadora que lhe mostrou o caminho.

...

Mrs. Saunders, eu disse, a senhora me telefona se acontecer alguma coisa com o Señor, se ele for para o hospital ou alguma coisa pior? Eu devia pedir para o Alan, o meu ex, mas as coisas entre nós dois estão meio frias, e, além disso, o Alan é homem e homem não nota essas coisas. A senhora me telefona, que eu vou até aí. Não que eu

24. De Dostoiévski

Na noite passada, li de novo o quinto capítulo da segunda parte de *Os irmãos Karamazov*, o capítulo em que Ivã devolve o ingresso para o universo que Deus criou, e me vi chorando descontroladamente.

Do lado pessoal, as coisas estão indo bem na minha vida. Mudei para Brisbane, como o senhor pode ver. Townsville era muito pequena para mim, de coração sou uma pessoa urbana. Estou saindo com um homem aqui e somos felizes (acho). Ele é bem australiano, tem seu próprio negócio (de ar-condicionado) e é mais da minha idade (o Alan não era adequado para mim nesse aspecto). Talvez a gente se amarre, ele e eu — vamos ver. Ele quer ter filhos e não esqueci o que o senhor aconselhou, de não deixar para muito tarde.

---

possa fazer muita coisa por ele — eu não sou enfermeira —, mas não gosto de pensar nele tão sozinho enfrentando, sabe, o fim. Ele não tem filhos, nem família, que eu saiba, não neste país, então não vai ter ninguém para cuidar das coisas, e isso não é bom, não é como deve ser, a senhora me entende?

Não sei bem se a mrs. Saunders entendeu direito o que eu queria dizer, ela vive um pouco em outro mundo e o Señor C não deve aparecer muito no radar dela, mas ela anotou o número do meu telefone e prometeu ligar.

Não conte para ele, eu disse. Me prometa. Não conte para ele que eu andei perguntando. Não conte para ele que estou preocupada.

São páginas que eu já havia lido em inúmeras ocasiões, porém, em vez de me acostumar com sua força, me vejo mais e mais vulnerável diante delas. Por quê? Não é que eu simpatize com a posição bastante vingativa de Ivã. Ao contrário dele, acredito que a maior de todas as contribuições à ética política foi feita por Jesus, quando propôs aos injuriados e ofendidos entre nós dar a outra face, rompendo assim o ciclo de vingança e retaliação. Então, por que Ivã me faz chorar, apesar do que eu sinto?

Enquanto eu estava em Townsville, trabalhei um pouco como modelo, só de farra. Se sentir vontade, entre em www.sunseasleep.com.au — é um catálogo postal e eu estou nas páginas das camisolas, bem atraente, se posso dizer isso. Então posso sempre contar com isso, até minha beleza acabar, o que é um consolo.

Ela prometeu, se é que isso vale alguma coisa.

Eu estou preocupada? Não realmente, não como a gente se preocupa. Nós todos temos de morrer, ele é velho, está pronto para ir, o quanto dá para estar. Para que ficar no mundo só por ficar? É legal enquanto a gente ainda pode se cuidar, mas, já na época que eu fui embora de Sydney, dava para ver que ele estava ficando meio trêmulo, meio cambaleante. Ele não devia esperar muito para desistir daquele apartamento dele e mudar para um asilo, mas ele não ia gostar disso. Então não é tanto a morte dele que me preocupa, mas sim o que pode acontecer com ele a caminho da morte. A mrs. Saunders pode ter o coração mole, mas a mrs. Saunders é só uma vizinha, enquanto eu sempre fui um pouco mais. Eu era aquela com quem ele queria fazer

A resposta não tem nada a ver com ética nem com política, e tudo a ver com retórica. Em sua tirada contra o perdão, Ivã, sem vergonha nenhuma, usa o sentimento (crianças martirizadas) e a caricatura (proprietários cruéis) para comunicar seus objetivos. Muito mais poderoso que a substância de seu argumento, que não é forte, é o tom de angústia, da angústia pessoal de uma alma incapaz de suportar os horrores deste mundo. É a voz de Ivã, como concebida por Dostoiévski, não sua argumentação, que me arrebata.

Esse tom de angústia é real? Ivã "realmente" sente o que diz sentir, e o leitor, em conseqüência disso, "realmente" compartilha dos sentimentos de Ivã? A resposta a essa pergunta é perturbadora. A resposta é Sim. O que se reconhece, no momento mesmo em que se ouvem as palavras de Ivã, em que a pessoa se pergunta se ele acredita genuinamente naquilo que diz, em que a pessoa se pergunta se quer se levantar e segui-lo

---

Não sei nada do Alan há meses. Depois da separação, ele telefonava todo dia, queria que eu voltasse. Mas nunca veio em pessoa, e meu teste do amor de um homem é se ele está disposto a se ajoelhar na sua frente, oferecer um buquê de rosas vermelhas, implorar seu per-

---

amor, do seu jeito de velho, e eu não ligava, contanto que não fosse longe demais. Eu era a secreta ária secretária, eu dizia para ele (brincando) e ele nunca negou. Se eu estivesse disposta a ouvir, numa noite quente de primavera, tenho certeza de que o ouviria cantando uma canção de amor pelo poço do elevador. Ele e a gralha. Míster Melancolia e míster Gralha, a dupla amorosa-dolorosa.

para devolver seu ingresso também, em que a pessoa se pergunta se não é mera retórica ("mera" retórica) o que está lendo, em que a pessoa se pergunta, chocada, como um cristão, Dostoiévski, um seguidor de Cristo, pode permitir que Ivã pronuncie palavras tão poderosas — mesmo em meio a tudo isso, existe espaço para pensar também: *Glorioso seja! Por fim vejo, diante de mim, a batalha levada ao mais alto nível! Se a alguém (Aliosha, por exemplo) é permitido vencer Ivã, por palavras ou pelo exemplo, então de fato a palavra de Cristo estará para sempre justificada!* E, portanto, se pensa, *Slava, Fiodor Michailovitch! Que seu nome ressoe para sempre no panteão da fama!*

---

dão e prometer se emendar. Bem romântico, não é? E bem pouco realista também. De qualquer forma, o Alan nunca veio e eu parei de atender os telefonemas dele, e ele acabou parando de ligar. Acho que encontrou outra pessoa. Não quero saber, então não me conte. Para começo de conversa, ele nunca devia ter largado da mulher dele. Eu me culpo por isso. Ele devia ter agüentado.

Vou pegar um avião para Sydney. Vou fazer isso. Vou segurar a mão dele. Não posso ir com você, vou dizer para ele, é contra as regras. Não posso ir com você, mas o que eu vou fazer é segurar sua mão até o portão. No portão, você pode soltar e me dar um sorriso para mostrar que você é um menino valente e tocar o barco ou seja o que for que tem de fazer. Até o portão eu seguro a sua mão, vou ficar orgulhosa de fazer isso. E depois eu limpo tudo. Vou limpar seu apartamento e deixar tudo em ordem. Vou jogar no lixo a fita das *Russian dolls* e outras coisas particulares, para você não se preocupar do outro lado sobre o que as pessoas deste lado vão dizer de você. Vou levar suas rou-

E fica-se grato à Rússia também, à Mãe Rússia, por colocar diante de nós com uma certeza tão inquestionável o padrão ao qual todo romancista sério deve aspirar, mesmo sem a menor chance de chegar lá: o padrão do mestre Tolstói de um lado e o do mestre Dostoiévski do outro. Com o exemplo deles somos artistas melhores; e com melhores não quero dizer mais hábeis, mas eticamente melhores. Eles aniquilam nossas pretensões mais impuras; eles esclarecem nossa visão; eles fortalecem nosso braço.

Um conselho de amiga, antes que eu me esqueça. Chame um profissional para limpar o seu disco rígido. Vai custar uns cem dólares talvez, mas vai acabar economizando uma fortuna. Procure em Serviços de Computação nas Páginas Amarelas.

Sei que o senhor recebe uma porção de correspondência de fãs que joga fora, mas espero que isto chegue até o senhor.

Tchau,

Anya (sua admiradora também)

---

pas para uma instituição de caridade. E vou escrever para aquele homem na Alemanha, mr. Wittwoch, se é que é esse o nome dele, para ele saber que acabaram as suas Opiniões, que não vai chegar mais nenhuma.

Tudo isso eu vou prometer para ele e segurar apertado a mão dele e dar um beijo na testa dele, um beijo de verdade, só para ele lembrar do que está deixando para trás. Boa noite, Señor C, vou sussurrar no ouvido dele: bons sonhos e revoadas de anjos e tudo o mais.

Notas

1: OPINIÕES FORTES
12 DE SETEMBRO DE 2005 — 31 DE MAIO DE 2006

1. Thomas Hobbes, *Do cidadão*, tradução de Fransmar Costa Lima, Editora Martin Claret, São Paulo, 2004; capítulo X, pp. 137-138.

2. *Il est incroyable de voir comme le peuple, dès qu'il est assujetti, tombe soudain dans un si profond oubli de sa liberté qu'il lui est impossible de se réveiller pour la reconquérir: il sert si bien, et si volontiers, qu'on dirait à le voir qu'il n'a pas seulement perdu sa liberté mais bien gagné sa servitude.*

Il est vrai qu'au commencement on sert contraint et vaincu par la force; mais les successeurs servent sans regret et font volontiers ce que leurs devanciers avaient fait par contrainte. Les hommes nés sous le joug, puis nourris et élevés dans la servitude, sans regarder plus avant, se contentent de vivre comme ils sont nés et ne pensent point avoir d'autres biens ni d'autres droits que ceux qu'ils ont trouvés; ils prennent pour leur état de nature l'état de leur naissance. — Étienne de La Boétie, *Discours de la servitude volontaire* [Discurso da servidão voluntária], seções 20, 33.

3. Niccolò Machiavelli, *O príncipe*, Livraria Exposição do Livro, s/d, tradução de Torrieri Guimarães, capítulo 18.

4. Doutrina militar norte-americana de dominação rápida, que paralisa de terror o inimigo com uma fantástica demonstração de força. Foi desenvol-

vida por Harlan K. Ullman e James P. Wade na Universidade de Defesa Nacional nos Estados Unidos, em 1996. (N. T.)

5. "Fada assustadora": intraduzível jogo de sonoridades com as palavras anteriores: *segretaria, secret aria*. (N. T.)

6. *Italic identity*: ao ditar, o personagem indica que a palavra seguinte, *identity*, "identidade", deverá ser grafada com caracteres em italic, "*itálicos*". (N. T.)

7. Intraduzível: na gravação, o personagem ditou *subjecthood*, "sujeição", "a condição de súdito", que a digitadora tomou por duas palavras, *subject* e *hood*, "sujeito" e "capuz", que resultaria na expressão, sem sentido no contexto, "capuz de súdito". (N. T.)

8. Tradução aproximada de: *Eeny-meeny-miny-mo/ The nigger you catch by the toe./ The nigger you know*, versinhos infantis para escolher alguém em jogos e brincadeiras, equivalentes a *Uni-duni-tê, salamê-mingüê, um sorvete colorê, o escolhido foi você*. Em inglês, os versinhos têm inúmeras versões. A que aparece aqui é norte-americana, com forte conotação racista, por causa da palavra ofensiva *nigger*. (N. T.)

9. H. S. Versnel, "Beyond cursing: the appeal to justice in judicial prayers", in Magika Hiera: Ancient Greek magic and religion, eds. Christopher A. Faraone e Dirk Obbink (Nova York: Oxford University Press, 1991), pp. 68-69.

10. Jean-Pierre Vernant, "Intimations of the will in greek tragedy" [Invocações à vontade na tragédia grega], in Jean-Pierre Vernant e Pierre Vidal-Naquet, *Myth and tragedy in ancient Greece* [Mito e tragédia na Grécia antiga], tradução para o inglês de Janet Lloyd (Nova York: Zone Books, 1990), p. 81.

11. "*En lugar de siete mil trece, decía (por ejemplo) Máximo Pérez; en lugar de siete mil catorce, El Ferrocarril; otros números eran Luis Melián Lafinur, Olimar, azufre, los bastos, la ballena, el gas, la caldera, Napoléon, Agustín de Vedía. En lugar de quinientos, decía nueve... Yo traté de explicarle que esa rapsodia de voces inconexas era precisamente lo contrario de un sistema de numeración. Le dije que decir 365 era decir tres centenas, seis decenas, cinco unidades: análisis que no existe en los 'números' El Negro Timoteo o manta de carne. Funes no me entendió o no quiso entenderme.*" — Jorge Luis Borges — "Funes, el memorioso" in *Ficciones*, Alianza Emecé, Buenos Aires, 1974, 3ª ed., 204 p.

12. Judith Brett, "Relaxed and comfortable" [Relaxado e confortável], *Quarterly Essay*, nº 19 (2005), pp. 1-79.

13. No original, o autor diz a *thoroughly modern Millie*, que é o título de musical de 1967, dirigido por George Roy Hill, com Julie Andrews, lançado no Brasil com o título *Positivamente Millie*. Foi adaptado para o teatro na Broadway em 2002. (N. T.)

14. "Homais, sou eu": menção ao personagem do romance *Madame Bovary*, de Gustave Flaubert. (N. T.)

15. "*Yo no concibo la inspiración como un estado de gracia ni como un soplo divino, sino como una reconciliación con el tema a fuerza de tenacidad y dominio. Cuande se quiere escribir algo se establece una especie de tensión recíproca entre uno y el tema, de modo que uno atiza el tema, y el tema atiza a uno. Hay un momento en que todos los obstáculos se derrumban, todos los conflictos se apartan, y a uno se ocurren cosas que no había soñado, y entonces no hay en la vida nada mejor que escribir. Eso es lo que yo llamo inspiración.*" — Gabriel García Márquez, *El olor de la guayaba: Conversaciones con Plinio Apuleyo Mendoza*. Barcelona: Editorial Bruguera, 1982.

16. *Eu caminho mascarado*: título de uma obra breve de René Descartes, de 1618. (N. T.)

Agradecimentos

Agradeço à Cambridge University Press pela permissão de citar *On the citizen* (Cambridge, 1998), de Thomas Hobbes; a Carmen Balcells e ao autor pela permissão de citar *The flavour of guavas* (Londres, 1983), de Gabriel García Márquez; à New Directions pela permissão de citar *Labyrinths* (Nova York, 1962), de Jorge Luis Borges; à Oxford University Press pela permissão de citar *Magika Hiera* (Nova York, 1991); e à Zone Books pela permissão de citar *Myth and tragedy in ancient Greece* (Nova York, 1990), de Jean-Pierre Vernant e Pierre Vidal-Naquet.

Pelos conselhos generosos, meus agradecimentos a Danielle Allen, Rainhild Boehnke, Piergiorgio Odifreddi e Rose Zwi. O que fiz com os conselhos que me deram é de minha inteira responsabilidade.

J.M. C.

1ª EDIÇÃO [2008] 2 reimpressões

ESTA OBRA FOI COMPOSTA EM ELECTRA PELO ESTÚDIO O.L.M. E IMPRESSA EM OFSETE PELA GEOGRÁFICA SOBRE PAPEL PÓLEN SOFT DA SUZANO PAPEL E CELULOSE PARA A EDITORA SCHWARCZ EM OUTUBRO DE 2016

A marca FSC® é a garantia de que a madeira utilizada na fabricação do papel deste livro provém de florestas que foram gerenciadas de maneira ambientalmente correta, socialmente justa e economicamente viável, além de outras fontes de origem controlada.